IMPRESSUM:

Verlag: Herzstern Verlag, 4871 Zipf, Österreich

Gestaltung, Satz/Layout: Barbara Hütter

Illustrationen: Gülce Besen Dilek

ISBN 9783902821416

„Lebe deine Träume!“

Diese Lebensweisheit habe ich mir sehr zu Herzen genommen und bereits vor ein paar Jahren meinen ersten Lebenstraum umgesetzt. Ich gründete mein eigenes Tanzzentrum und mittlerweile tanzen rund 600 Kinder, Jugendliche und Erwachsene in unserem Tanzforum.
Nun folgt ein weiterer ganz persönlicher und jahrelang gehegter Traum. LUMINATRIX ist mein erster Roman und ich konnte mir damit einen Kindheitswunsch erfüllen.

Ich hoffe ihr schließt meine drei Mädchen genauso ins Herz wie ich.

Viel Spaß beim Lesen und vergesst nicht:
Lebt eure Träume!

Für meine Eltern,
meine beiden Schwestern
und mein großartiges Tanzforum-Team

Prolog

Magie ist wundervoll.
Sie öffnet einem Türen in eine Welt, die man sich kaum vorstellen kann, wenn man noch nie mit Zauberei in Berührung gekommen ist. Alles scheint auf einmal möglich zu sein. Dinge, die man in seinen kühnsten Träumen nicht erahnen konnte, passieren plötzlich tagtäglich und man entdeckt bisher verborgene Seiten an sich selbst.
Doch Magie kann auch teuflisch sein.
Sie kann einen verändern. Manche Seiten haben vielleicht auch einen Grund warum sie besser unentdeckt bleiben sollten.
Nur die besten Magier lernen sowohl mit ihren positiven als auch ihren negativen Eigenschaften weise umzugehen und ihre Kräfte zu nutzen, um das Beste aus sich selbst hervorzuzaubern.

Ich möchte euch eine Geschichte erzählen.
Eine Geschichte von drei Mädchen, die einen langen Weg gehen müssen, bis sie sich, wirklich und wahrhaftig, mit all den Ecken und Nischen ihrer Persönlichkeit so lieben lernen, wie manche von uns es schon von Anfang an tun.
An ihrer Seite haben sie die Magie.

Es ist die Geschichte von meinen Mädchen.
Die Geschichte von LUMINATRIX …

Teil Eins

Eins

Sie reden. Viel zu viel reden sie. Alle reden sie gleichzeitig. Oberzaubermeister Bofrat lässt den Kopf in seine Hände sinken. Viel zu viele Gedanken und offene Fragen beschäftigen ihn. Das Problem ist ihm durchaus bewusst, aber die Lösung hat sich bisher noch nicht gezeigt.
„So kann es nicht weitergehen, Oberzaubermeister, es wird immer schlimmer", beschwert sich der Magier zu seiner Rechten.
„Genau, wo soll das alles noch hinführen? Bald wird unsere Zauberschule nicht mehr die sein, die sie sein sollte."
Auch die Hexe gegenüber am anderen Ende des Tisches ist aufgebracht. Sie stützt ihre Arme auf den Tisch und drückt sich energisch hoch. Diese Geste bringt ihre Wut noch mehr zum Ausdruck. Oberzaubermeister Bofrat schließt die Augen.
Alle Magier und Hexen der Schule haben sich zur Konferenz eingefunden. Ausnahmslos alle sind bestürzt und wollen Antworten auf ihre Fragen. Bofrat ist ratlos. Er würde ihnen gerne Sicherheit geben und ihnen alle Sorgen nehmen. Doch das kann er nicht. Er ist selbst ratlos. Gerne würde er ihnen erklären, dass alles kein Problem wäre oder es sich von selbst lösen würde. Daran glaubt er aber leider selber nicht.
„Ich verspreche euch, es wird eine Lösung geben", versucht Bofrat seine Magierkollegen zu beschwichtigen. Doch so ganz kann er selbst nicht daran glauben.
Tick. Tack. Tick. Tack.
Die alte Standuhr in seinem Nacken tickt immer lauter. Als würde sie mit jedem Ticken ein Wort zu ihm sprechen.
Wir. Wollen. Eine. Lösung. Du. Bist. Der. Schulleiter. Tick. Tack. Tick. Tack.

Die Gedanken in Oberzaubermeister Bofrats Kopf werden immer lauter, immer bohrender und immer schmerzender. Er würde sie jetzt gerne wegzaubern, was er auch durchaus tun könnte. Aber er ist weise genug um zu wissen, dass sich das Problem dadurch auch nicht lösen würde. Die Situation ist einfach zu verworren.
Mittlerweile dauert die Konferenz bereits mehrere Stunden. Alle Magier haben ihre Vorschläge auf den Tisch gelegt, dieser wackelt schon bedrohlich und es scheint, als würde er unter dem ganzen Gedankenstoff gleich zusammenbrechen.
Madame Sermina ist schon ganz blass im Gesicht. Wie immer, wenn sie das Gefühl hat, keine Gedanken mehr im Kopf zu haben. Sie braucht schleunigst etwas zu lesen.
Bofrat erkennt, dass es keinen Sinn mehr hat noch weiterzureden. Es ist auch bereits dunkel geworden. Zeit, die Konferenz zu beenden. Langsam erhebt er sich aus seinem alten, mit vielen Einzelheiten verzierten, Stuhl.
„Meine lieben Magierkolleginnen und Kollegen, es ist Zeit, den Tag zu einem Ende kommen zu lassen. Ich danke euch für eure zahlreichen Gedanken und eure Energie. In wenigen Tagen beginnt das neue Schuljahr, ich denke jeder von uns hat genug zu tun. Ich werde mich bemühen, bis dahin eine Lösung unseres Problems zu finden."
Nachdem alle Kollegen mit mehr oder weniger zufriedenen, vor allem aber müden Gesichtern den Raum verlassen haben, tritt Bofrat an das hohe Fenster seines Büros. Er blickt in den weiten Himmel, der von Sternen übersät ist und vom Mond hell erleuchtet wird.
„Jetzt kann uns nur noch ein Wunder helfen", seufzt er leise und schließt die Augen.

Zwei

Trix

„Trix! Es ist bereits nach acht. Du kommst schon wieder zu spät!“ Die Stimme ihres Vaters wird immer lauter und Trix´ Hände arbeiten immer schneller. Doch es ist nicht so einfach, ihre wilde Löwenmähne zu bändigen.
„Beatrix!!“
Oh nein, jetzt ist er wirklich wütend. Als würde Trix nicht selber wissen, dass sie während der Ferien ein leichtes Zeitproblem entwickelt hat. Gerade heute wollte sie unter keinen Umständen zu spät kommen. Auf die erste Sportstunde in der neuen Schule hat sie sich so sehr gefreut. Sie will es allen zeigen. Und jetzt ist sie wieder zu spät. Wenn nur diese doofen Haare nicht wären. In dem Moment geht die Tür auf.
„Beatrix! Es reicht mir jetzt. Ich will nichts hören. Ab mit dir ins Auto, aber zackig.“
Der drohende Blick ihres Vaters und sein ausgestreckter Zeigefinger lassen keine Erklärungsversuche und schon gar keine Widerrede zu. Trix greift zu ihrer Mütze und huscht so schnell sie kann an ihrem Vater vorbei durch die Tür.
Im Auto ist es still. Trix will jetzt nicht reden. Sie murmelt nur die ganze Zeit vor sich hin.
„Alles wird gut, alles wird anders, alles wird toll. Ich schaffe das, ich bin genau wie alle anderen.“
Den besorgten Blick des Vaters bemerkt Trix nicht. Sie verschwindet immer tiefer in ihrem Sitz, je näher sie der Schule kommen. Ihr Kopf sinkt zwischen ihre Schultern und sie kneift sich selbst so fest in die

Arme, dass sie schon ganz rot werden.
„Mach´s gut mein Schatz!"
Doch Trix ist bereits aus der Autotür gerutscht und im Schulgebäude verschwunden. Verwundert schüttelt der Vater seinen Kopf. Wann war seine Tochter eigentlich so flink geworden?

Lu

„17 hoch 4 ergibt 83.521. Addiert man dazu die Wurzel aus 5.476, also 74 und zieht man danach das Produkt von 91 und 35 ab, lautet das Ergebnis 85.812."
Lu wischt sich rasch den Kreidestaub von den Händen ab, bevor sie sich zur restlichen Klasse umdreht und der vollgeschriebenen Tafel den Rücken zuwendet. Die Lehrerin blickt sie mit einem freundlichen Lächeln an und nickt.
„Ausgezeichnet Ludmilla, wieder einmal hervorragend gelöst. Du darfst dich setzen, Danke."
So schnell sie kann, sitzt Lu wieder auf ihrem Platz. Sie hasst Mathematik. Vor allem hasst sie es, an die Tafel geholt zu werden. Es ist jetzt nicht so, als wäre sie damit die Einzige in ihrer Klasse, oder in der Schule oder auf der ganzen Welt. Aber Lu hasst es aus einem anderen Grund. Sie kann Mathematik. Sie kann Mathematik richtig gut. Besser als alle in ihrer Klasse oder in der Schule oder wahrscheinlich sogar auf der ganzen Welt.
Deshalb hasst sie es. Denn wie immer sitzt sie nun in ihrer Bank und hört die tuschelnden Mädchen hinter sich. Sie spürt die bohrenden Blicke von dem Jungen neben sich, der grinsend seinem Banknachbar einen Zettel zusteckt. Schließlich schauen beide zu ihr und kichern.

Lu kennt das schon. Sie muss sich nicht mal umsehen um zu wissen, dass sie jeder in der Klasse ansieht und über sie spricht.
Wieder einmal fühlt sie sich schrecklich einsam. Sie holt ihr Notizbuch hervor und schreibt. Lu schreibt und schreibt, schreibt alles auf, was ihr durch den Kopf geht und erlöst sich so von den schrecklichen Gedanken die sie so schmerzen. Die Lehrer haben aufgehört Lu zu ermahnen, wenn sie dem Unterricht wieder einmal nicht folgt und stattdessen in ihr Buch vertieft ist. Sie wissen, dass es keinen Sinn macht, sie zum Aufpassen aufzufordern, denn Lu weiß sowieso alles.
Plötzlich schrickt Lu auf. Das schrille Läuten der Schulglocke holt sie zurück in die Realität. So langsam wie sie nur kann, packt Lu ihre Schulsachen in die Tasche. Als sie sich über den Ranzen beugt, rutscht wieder einmal die etwas zu große Brille auf ihre Nasenspitze. Energisch schiebt sie sie zurück und blickt sich um. Gott sei Dank. Alle Mitschüler sind bereits aus der Klasse verschwunden. Leise zählt Lu bis 10 und macht sich dann ebenfalls auf den Weg in die Pausenhalle.

Trix

Als Trix die Turnhalle betritt fühlt sie sich sofort zuhause. Der vertraute Geruch von alten Turnmatten, Putzmittel und abgestandenen Sportschuhen weckt in ihr sofort wieder ein Gefühl von Ehrgeiz und Glück. Rasch blickt sie sich um, die anderen Schülerinnen mustern sie mit neugierigen Blicken. Das ist also der Moment, den sie sich den ganzen Sommer über gewünscht hat. Ein Neubeginn, keine Vorurteile, kein Gemurmel hinter ihrem Rücken. Trix trippelt ungeduldig auf der Stelle.
„Na, du hast wohl Ameisen in den Schuhen?“ zwinkert eine großge-

wachsene Dunkelhaarige mit sportlicher Statur Trix zu.
„Äh ja, haha, ich kann es kaum erwarten loszulegen."
Trix macht einen Schritt auf das Mädchen zu und streckt ihr die Hand entgegen. „Hi, ich bin Trix, die Neue."
„Magda, freut mich. Na dann: Willkommen im Club."
Ein fester Händedruck. Scheint, als könnte daraus eine innige Freundschaft entstehen. Glücklich grinst Trix in sich hinein. Na das läuft ja wie geschmiert.
Mit einem lauten Pfiff kündigt sich die Sportlehrerin an. Trix und Magda fahren auseinander und ordnen sich schnell in die Reihe der Mädchen ein. Als kleinste Schülerin bildet Trix das Schlusslicht in ihrer Klasse. Doch das stört sie nicht im Geringsten. Hauptsache, sie ist ein Teil der Reihe, ein Teil der Mädchen, ein Teil der Gruppe.
„Einen guten Morgen allerseits! Ich hoffe ihr habt die Ferien gut überstanden? Wie kann ein Schuljahr besser beginnen als mit Morgensport am Montag? Ich habe einige Ziele für euch in diesem Jahr und erwarte absolutes Engagement, vollen Einsatz und gute Leistungen!"
Die Lehrerin blickt in die Runde bekannter Gesichter. Ihr Blick bleibt an Trix hängen.
„Ach sieh an, dieser Lockenkopf ist mir neu. Wie heißt du denn junge Dame?"
„Bea ... ich meine ... Trix." Cool bleiben, ermahnt sich Trix und zieht ihre Schultern nach hinten. Sonst hatte sie doch auch keine Probleme damit, im Mittelpunkt zu stehen.
„Ich bin gerade neu an die Schule gekommen und ich liebe Sport."
Die Lehrerin lächelt. „Na dann freue ich mich umso mehr dich in der Klasse und an unserer Schule begrüßen zu dürfen. Lasst uns nicht lange quatschen, legen wir los! Zum Aufwärmen: fünf Runden durch die

Halle bitte. Los geht´s!“

Mina

Als Mina das kleine Kätzchen erblickt, hellt sich zum ersten Mal an diesem Tag ihre Miene auf.
„Hey meine Kleine, wem gehörst du denn?“ Sie kniet sich vorsichtig nieder und nähert sich der Katze, doch die schaut sie nur verwundert an und läuft weg. Sofort fällt wieder ein trauriger Schleier über ihre Augen. Nicht mal eine Katze möchte mit ihr befreundet sein.
Missmutig kickt sie einen Stein nach dem anderen vor sich her. Selbst die bunten Blätter, die den Herbst sonst für sie zu ihrem absoluten Lieblingsmonat machen, können sie heute nicht aufmuntern. All das Rot, Orange und Gelb, alle leuchtenden Farben, die tanzenden Ahorn-, Buchen- und Birkenblätter, das Farbenspiel der Natur,... in Mina ist es grau und trist.
Plötzlich bleibt sie stehen. Da sind sie wieder. Die Erinnerungen. In ihrem Kopf fügen sie sich zusammen wie Puzzleteile.
Die Lehrerin, die neben ihrem Bild stehen bleibt. Der bewundernde, ja fast schon begeisterte Ausdruck im Gesicht, als sie die Zeichnung hochhebt. Und dann die Anderen. Ihre Blicke, die bohrend auf Mina und das Bild gerichtet sind. Nein, falsch, „Kunstwerk“. So nannte es ihre Lehrerin. Kunstwerk. Als wäre sie keine normale Schülerin im Zeichenunterricht, sondern eine berühmte italienische Malerin. Als würden ihre Bilder nicht den Schulgang schmücken sondern eine Kirche in Venedig, oder noch besser in Mailand oder Rom. Die Besucher würden Geld dafür zahlen, nur um einmal ihr Gemälde begutachten zu können. Mit staunenden Blicken stehen sie vor dem Kunstwerk und

sehen nur mehr die Farben und Formen, nichts um sie herum kann ihre Aufmerksamkeit erregen, so tief sind sie in das Kunstwerk eingetaucht. Die Zeit scheint still zu stehen und man muss sich daran erinnern, weiterzuatmen, so sehr ist man in die Kunst vernarrt.
Und wieder passiert es. Minas Gedanken führen ein Eigenleben. Sie bekommen Füße und marschieren darauf los. Sie entwickeln sich rasend schnell zu einem Film, den nur Mina sieht. Eine Mischung aus Realität und Fantasie. Die Realität ist zu trist und kalt, um alleine Grundlage für Minas Kopfkino zu sein. Deshalb wird sie ausgeschmückt. Ideen, Träume, Farben und Lichter machen die Wirklichkeit zu einem spannenden Actionthriller, einer romantischen Komödie oder einem lustigen Fantasyabenteuer.
Auch heute im Kunstunterricht wurde Minas Film ihr Rückzugsort. Die bohrenden Blicke der Mitschüler waren gefüllt von Neid und Missgunst. Es war förmlich in ihren Augen zu lesen.
„War ja klar, dass sie sich wieder in den Mittelpunkt drängen muss!"
„Kann sie nicht ein einziges Mal ein normales Bild malen?"
„Die glaubt wohl immer, sie ist etwas Besseres."
Diese Blicke verletzten sie, also schloss sie die Augen und dachte sich weg.

Trix

Trix läuft über den Schulhof. Sie hat das Gefühl, als könnte sie fliegen. Endlich ist einmal alles genau so, wie sie es sich vorgestellt hat. Eine neue Freundin hat sie auch schon gefunden. Magda war echt nett und mochte Sport genauso gern wie sie. Deshalb kann sich Trix auch das riesige Grinsen nicht verkneifen, als sie ins Auto ihres Vaters steigt.

„Ich glaube, ich muss dich nicht fragen wie der Tag gelaufen ist? Dein Blick sagt doch schon alles." Der Vater lacht, die Erleichterung ist ihm förmlich ins Gesicht geschrieben.
„Jawohl Dad, es war supermegaspitzenultraperfekt. Ich liebe meine Sportlehrerin, meine Klasse, das Schulgebäude und überhaupt die ganze Welt!"
„Na dann ist es ja gut, heute gibt's Spaghetti, ich hoffe das ist der Dame genehm?"
Das doppelte Vater-Tochter-Grinsen erfüllt das Auto mit einer positiven Stimmung, sodass es scheint, als würden sogar die Autos auf der Straße den Weg für das Glücksgespann frei geben.
„Das klingt perfekt Dad, aber heute am Nachmittag ist gleich das erste Treffen der Turn-AG. Ich muss um 15 Uhr wieder in der Schule sein!"
„Ist gut, ich koche so schnell, wie die Spaghetti mich auch nur irgendwie kochen lassen, ok?" Der Vater lacht und lenkt das Fahrzeug geschickt durch den Stadtverkehr. In Windeseile erreichen sie das Wohnhaus und mit einem Satz ist Trix aus dem Auto und durch die Wohnungstür.

Mina

„Mina? ... Mina???"
Wo kommt denn die Stimme plötzlich her? Mina öffnet die Augen.
„Warum sitzt du denn hier am Boden herum? Mitten auf dem Gehweg?" Der kleine Junge blickt verdutzt drein und stützt die Hände in die Hüfte. Er blickt auf die Uhr. „Hast du nicht schon vor einer Stunde Schulschluss gehabt?"
„Äh jaja, stimmt, also ich ... hab wohl etwas die Zeit übersehen." Rasch rappelt sich Mina vom Boden auf und putzt ihren verschmutzten Rock

ab. Mit Erde und Blättern übersät, dürfte ihr Anblick wohl gerade wirklich Fragen aufwerfen.
„Bist du gerade auf dem Heimweg, Tobi?" Mina versucht abzulenken und schnappt ihre Tasche. „Dann können wir ja gemeinsam gehen."
Tobi nickt und nimmt die Hand seiner großen Schwester. „Wie war es denn in der Schule? Habt ihr heute euer Diktat gehabt?"
„Ja genau, es war super. Die Lehrerin hat uns genau die Worte angesagt, die ich so fleißig gelernt habe. Ich glaube, ich habe überhaupt keinen Fehler. Und dann im Sachunterricht haben wir gelernt ..."
Mina lächelt in sich hinein. Sie kennt doch Tobi. Ein kleiner Anstoß und das Geplapper nimmt kein Ende. Doch das kommt ihr gerade recht. Sie muss erst einmal wieder Ordnung in ihren Kopf bringen. Für kurze Zeit hat sie doch wirklich vergessen, wo sie gerade war und was passiert ist. So intensiv war ihre Fantasie noch nie mit ihr durchgegangen.
Sie legt den Kopf schief, wie sie es immer tut, wenn sie versucht das Chaos zu sortieren. Als würden damit die Bilder in eine Ecke rutschen und es wäre dann einfacher für sie, Ordnung zu schaffen.
„Mina? Hörst du mir überhaupt zu?" Tobi bleibt stehen.
„Äh jaja natürlich, erzähl weiter!"
Sie muss aufpassen. Wenn sie so weitermacht und ihren Träumen folgt, ist sie schneller als ihr lieb ist zurück im Zeichensaal. Und da möchte sie unter keinen Umständen wieder hin. Zu schrecklich ist diese Erinnerung an den Moment, an dem sie erneut damit konfrontiert wurde, anders zu sein. Beim Gedanken daran bekommt Mina sofort wieder Gänsehaut und sie schüttelt sich.
Tobi sieht sie fragend an und Mina setzt sofort ein beruhigendes Lächeln auf.

„Erzähl weiter, ich hör zu!", ermuntert sie ihn und sofort beginnt das Geplapper wieder von vorne.
Das Lächeln versucht Mina auf dem weiteren Heimweg zwar tapfer beizubehalten, doch innerlich zieht sich ihr Herz so fest zusammen, dass sie das Gefühl hat, es wird immer kleiner und hat kaum mehr Kraft um zu schlagen.

Lu

Die Werbetafeln rasen an ihr vorbei. Doch egal, wie schnell es geht, kaum hat Lu sie auch nur für den Bruchteil einer Sekunde erblickt, hat sie sie alle gelesen und gespeichert. Ob sie will oder nicht, das macht sie automatisch.
Lu schließt die Augen und lehnt den Kopf an die Stütze ihres Sitzes. Der Bus ruckelt in gemächlichem Tempo durch die Stadt. So langsam, dass die Plakate am Straßenrand wie Buchseiten umgeblättert werden, aber gerade noch schnell genug, um nicht stehen zu bleiben und mit den riesigen Busrädern im Boden zu verwurzeln.
Lu greift in ihre Tasche und holt ihr Notizbuch heraus. Mit einem kleinen Lächeln öffnet sie es und beginnt zu schreiben. Sie schreibt über fliegende Plakatbuchseiten, verwurzelte Busräder und Werbewörter, die keinen Sinn ergeben, weil sie so durcheinander gewürfelt sind. Mit jedem aufgeschriebenen Wort wird ihr Kopf ein bisschen leichter und sie vergisst beinahe an ihrer Haltestelle auszusteigen. Das laute Zischen des Busses holt sie jedoch noch rechtzeitig aus ihren Gedanken. Hastig kramt Lu ihre Sachen zusammen und gleitet aus der Tür.
Auf dem Heimweg wird sie mehrmals von gestressten und mit ihrem Handy verkabelten Passanten angerempelt.

Lu nimmt es hin.
Die Menschen machen das nicht absichtlich. Es passiert ihr öfters, übersehen zu werden. Sie findet es nicht toll, aber sie hat sich daran gewöhnt. Nur eine Entschuldigung wäre manchmal ganz nett, findet Lu. Das wäre doch eigentlich normal oder? Aber auch dafür sind die Menschen zu sehr im Stress.
Reine Zeitverschwendung, diese Entschuldigungen.
Also versucht Lu möglichst nicht im Weg zu stehen. Sie ist schon ganz geschickt darin, Menschen aus dem Weg zu gehen und wie sie es nennt „unsichtbar" zu sein.
Manchmal setzt sich Lu auf eine Parkbank und beobachtet die Menschen. Beobachtet ihre Taten und ihr Verhalten. Und sie fragt sich, was wohl in ihren Köpfen vor sich geht.
Woran denken sie? Was verdrängen oder ignorieren sie? Was steckt hinter dieser stets gestressten Fassade?
Ohne von einem weiteren Passanten übersehen oder geschubst zu werden, findet sich Lu kurze Zeit später vor dem großen, schweren Haustor wieder. Mit ihren zierlichen Händen drückt sie die mächtige Tür auf und verschwindet im dunklen und kalten Hausflur des Wohnhauses.

Trix

Sie läuft.
Sie läuft und ihr Herz fliegt dabei. Es schlägt immer schneller und ihr Puls sowie ihr Adrenalinspiegel schießen in unendliche Höhen. Trix´ Atem geht stetig, aber das Kribbeln in der Magengegend kann sie nicht unterdrücken. Sie hat es so vermisst. Endlich ist sie wieder ganz in ih-

rem Element und spürt das bekannte Gefühl von Freiheit, Ehrgeiz und Aufregung.

Als sie schließlich an der schwarzen Linie ankommt, wartet die Lehrerin bereits mit hochgehaltener Stoppuhr auf sie. Ihr Blick ist undurchsichtig und sie sagt kein Wort. Drei Mitschülerinnen stehen hinter der Lehrkraft, unter ihnen auch Magda. Sie stützen sich mit hochrotem Kopf auf ihren Oberschenkeln ab. Eine trinkt gierig aus ihrer Wasserflasche.

Trix ist erstaunt. Eigentlich war sie es gewohnt, die Erste zu sein. Kurz steigt eine kleine Welle der Wut in ihr auf. Doch sie beschließt sich nichts anmerken zu lassen und sagt laut: „Wow, ihr wart ja schnell! Respekt!“ Die Reaktion ihrer Mitschülerinnen hat Trix so allerdings nicht kommen sehen.

Mit verächtlichem Blick erwidert die Erste: „Veräppeln kannst du jemand anderen. Ich geh duschen.“ Trix zieht eine Augenbraue hoch und blickt dem Mädchen nach, das Schritt für Schritt in der Garderobe verschwindet. Die Zweite folgt ihr bereits.

„Welche Laus ist ihr denn über die Leber gelaufen?“, lacht Trix und stellt sich neben Magda. Doch ihre Freundin sieht sie mit einem Blick an, den Trix nicht deuten kann.

„Also entweder du bist eine verdammt gute Schauspielerin oder ziemlich falsch. Deine Angeberei kannst du dir sparen. Du glaubst wohl, du bist etwas Besseres. Kommst einfach so an unsere Schule und denkst du musst jedem etwas beweisen?“ Magda dreht sich ruckartig um und lässt Trix stehen. Die Lehrerin schüttelt den Kopf und legt ihrer ratlosen Schülerin die Hand auf die Schulter.

„Lass sie, sie sind nur ziemlich überrascht und genervt.“

„Ja aber wovon denn bitte? Was hab ich denn gemacht?“

Trix schüttelt die Hand ihrer Lehrerin ab und beißt sich auf die Lippen, um die Tränen der Wut und Enttäuschung zurück zu halten. Nach und nach kommen andere Schülerinnen angelaufen und hieven sich schwer atmend in die Garderobe.

„Trix, du bist einfach sehr schnell gelaufen. Damit können die drei ehrgeizigen Sportskanonen nicht umgehen."

„Ich kapiere das nicht, sie waren doch vor mir da?" Trix versteht die Welt nicht mehr.

„Nur weil du nach einer Runde nicht aufgehört hast. Du bist drei Mal so viel gelaufen und warst nur um eine Sekunde langsamer als die anderen mit einer Runde. Du hast sie zwei Mal überholt, Trix, ist dir das nicht aufgefallen?" Trix schüttelt den Kopf.

Wenn sie läuft, dann blendet sie die Welt um sich herum aus und es gibt nur mehr ihren Körper, ihre Atmung und ihren Geist, der sie vorantreibt.

Nun sind die Tränen kaum mehr zurückzuhalten. Zu oft war Trix schon in dieser Situation. Ihr Körper treibt sie zu Höchstleistungen an, die kein anderer verstehen kann. Angeberei, Hochmut und Arroganz werden ihr nachgesagt und Trix fühlt sich wieder einmal mutterseelenallein. Sie macht auf der Stelle kehrt und verlässt die Sporthalle. Im Freien lässt sie ihren Tränen endlich freien Lauf.

So sehr hat sie sich einen Neustart gewünscht und so fest auf eine Freundschaft mit Magda gehofft. Doch dass auch diese Freundin nicht mit ihr, Trix, so wie sie ist, umgehen kann, verletzt das Mädchen sehr und sie beißt sich so fest auf die Lippe, dass ein kleiner Blutstropfen langsam über das Kinn hinunter läuft. Er bahnt sich seinen Weg und zeichnet eine rote Linie auf ihre Haut.

Lu

Erleichtert schließt Lu die Wohnungstür hinter sich. Sie mag den großen, stillen Hausflur nicht. Er hat so viele dunkle Ecken und Gänge, die in die verschiedensten Richtungen führen. Lu schafft es nicht, sie alle im Auge zu behalten, wenn sie auf dem Weg in die Wohnung ist. Das macht sie nervös. Sie mag das Gefühl nicht, irgendwo keine Kontrolle zu haben.

Das fröhliche „Hallo“ ihrer Mutter aus der Küche erwidert sie nur mit einem gemurmelten „Hi“ und schon gleitet sie beinahe lautlos in ihr Zimmer.

Wobei, Kammer beschreibt es wohl eher.

Der kleine Raum ist vollgestellt mit Bücherregalen und dem riesengroßen Schreibtisch ihres Ururgroßvaters, oder so ähnlich. Das weiß Lu nicht so genau. Sie weiß nur, dass der Tisch alt ist und sie ihn über alles liebt. An ihm kann sie ihre besten Gedichte schreiben und die schwierigsten Rätsel lösen.

Der Rest des Raumes besteht eigentlich nur aus ihrem Bett und einer winzigen Kommode, in die das Mädchen alle seine Kleidungsstücke stopft. Nachdem sie aber sowieso nicht so viel besitzt, ist das für Lu kein Problem. Wichtiger ist ihr, dass die Bücher genügend Platz finden. Sie sind ihr Heiligtum.

Lu lässt sich auf das Bett fallen und zieht den Polster über ihren Kopf. Knarrend öffnet sich die Zimmertür. Mit einem Auge erblickt Lu ihre Mutter im Türrahmen. Der besorgte Blick ist nicht zu übersehen.

„Was?“, murrt Lu unter ihrem Kissen hervor.

„Geht’s dir gut?“ Die Mutter runzelt die Stirn.

So gut sie kann, versucht Lu sich unter dem großen, dicken Polster zu verstecken. Doch ihrer Mutter entgeht nicht, dass ihrer Tochter etwas fehlt. Behutsam setzt sie sich auf die Bettkante und hebt leicht das Kissen.

„Na? Magst du mir nicht erzählen was los ist?“ Das Mädchen setzt sich langsam auf und blickt seine Mutter traurig an.

„Was soll denn sein? Es ist einfach alles wie immer. Ich fühl mich, als wäre ich der einsamste Mensch auf der ganzen Welt.“

„Aber du weißt, dass du das nicht bist oder? Ich bin immer für dich da.“

Lu schüttelt den Kopf. „Darum geht es nicht. Klar, bist du für mich da, du bist ja auch meine Mama. Aber ich fühl mich trotzdem einsam und daran kann niemand etwas ändern.“

Schon ist sie wieder unter dem Kissen verschwunden und die Mutter seufzt. Sie lässt ihre Hand auf Lus Schulter sinken und ist ratlos. Zu gut kann sie ihre Tochter verstehen, doch sie ist machtlos.

Drei

Da sind sie. Meine drei Mädchen. Eine unterschiedlicher als die andere. Die stille, vorsichtige Lu, die immer einen Plan hat oder zumindest immer einen haben will, konzentriert, organisiert und wissbegierig.
Dann ist da noch Mina. Ein buntes, kreatives Wesen, immer mit einem offenen Ohr und Herzen für seine Mitmenschen.
Und natürlich Trix. Das rebellische, mutige Mädchen voller Kampfgeist und Willensstärke.
Es ist ein Jammer, sie so traurig zu sehen. Besondere Fähigkeiten zu besitzen kann ein Segen, aber auch ein großer Fluch sein. Viele von uns würden sich wahrscheinlich wünschen, so clever zu sein wie Lu. Immer alles zu wissen, Aufgaben immer schneller lösen zu können als andere, sich Sachen sofort merken zu können. Wie leicht würde uns der Schulalltag fallen, wenn wir nichts lernen müssten. Oder?
Wie toll wäre es, so kreativ zu sein wie Mina? Ein besonderes Auge zu haben für Farben und Formen, ständig zu sprühen vor Ideen und kein Problem zu haben sich etwas Neues einfallen zu lassen. Nie mehr ein langes Warten vor einem erschreckend weißen Blatt Papier, ohne jegliche Idee für einen Aufsatz oder eine Zeichnung.
Auch Trix kann etwas, das sich wahrscheinlich viele wünschen würden. Sie ist ein absolutes Ass im Sport. Sie ist schnell, gelenkig und unglaublich stark. Aus jedem Rennen geht sie als Siegerin hervor, bei jedem Wettkampf erzielt sie die meisten Punkte und in jeder Disziplin erreicht sie Höchstleistungen.
Eigentlich ein Traum für jeden von uns. Trotzdem sind meine Mädchen unglücklich. Wie gerne wären sie einfach einmal normal. Nur ein einziges Mal. Neid und Missgunst der Mitschüler verfolgen sie täglich und

Freundschaften zu schließen fällt ihnen schwer. Kaum jemand versteht, warum sie so sind wie sie sind. Auch Lu, Mina und Trix selbst verstehen es nicht. Und das ist das Schwerste. Die Frage nach dem Warum.
Ich kann es nur zu gut nachvollziehen...

Vier

Trix

„Trix, wir müssen los!"
Ungeduldig blickt Trixs Vater auf seine Armbanduhr. Sie sind schon wieder zu spät.
Wieder einmal.
Und er weiß, wie viel Wert seine Großmutter auf Pünktlichkeit legt. Genervt tippt er auf das Geländer der Treppe. Doch in dem Moment erscheint seine Tochter am Treppenabsatz.
„Hast du nicht etwas vergessen?" Er muss sich ein Schmunzeln verkneifen. Mit Sicherheit war ‚vergessen' nicht das richtige Wort dafür, warum Trix die Kette ihrer Urgroßmutter nicht um den Hals gelegt hatte.
„Im Ernst, Papa? Hast du das Ding schon einmal gesehen?"
Nun kann er sich ein Lachen nicht mehr verkneifen. „In der Tat liebe Tochter, das habe ich und du weißt genau, wie wichtig sie für deine Granny ist."
„Wenn du willst, dass ich aussehe wie eine steinalte, spießige Lady, bitte sehr"
Trix macht auf dem Absatz kehrt und stampft zurück in ihr Zimmer. Keine Minute später kommt sie mit einer Schatulle zurück. Vorsichtig öffnet ihr Vater die alte Verriegelung und hebt den großen Anhänger heraus.
„Das Ding wiegt bestimmt zehn Kilo", seufzt Trix als sie ihre Haare im Nacken anhebt, um sich die Kette umlegen zu lassen. Doch erstaunlicherweise spürt sie sie kaum, als ihr Vater den Verschluss behutsam

zumacht.
„So, Mylady, würden Sie mir die Ehre erweisen, mich zum Auto zu begleiten?“ Er bietet ihr schmunzelnd den Arm an. Trix greift sich theatralisch auf den Rücken und seufzt: „Jawohl mein Herr, bitte geleiten Sie mich. In meinem Alter ist das Vorankommen nicht mehr so einfach.“
Lachend machen sich die beiden auf den Weg zum Auto.

Mina

Sie hustet. Dieser ganze Staub ist einfach nur schrecklich. Wann ist denn bitte hier zum letzten Mal geputzt worden? Ein ganzer Stapel alter Bücher war gerade direkt vor ihrer Nase zusammengekracht. Mina versucht vergebens die Staubwolke vor ihrer Nase weg zu wedeln, was nur ein lautes Niesen zur Folge hat.
Bereits seit über einer Stunde sitzt sie auf dem riesigen, vollgeräumten Dachboden ihres Elternhauses zwischen alten Sesseln, unzähligen Kisten mit Mappen und Büchern und vielem weiteren Krimskrams wie Schallplatten, Gemälden und Puppen. Doch das gesuchte Fotoalbum bleibt verschwunden.
Mina seufzt enttäuscht. So gerne hätte sie sich Fotos aus ihrer Kindheit angesehen.
Fotos aus einer Zeit, als alles noch unbeschwert und einfach war.
Als ihre Mutter noch die strahlende, bunte Frau war, an deren Erinnerung Mina krampfhaft festzuhalten versucht.
Gerade als sie beschließt die Suche aufzugeben, fällt ihr ein altmodisches, kleines Kästchen auf. Es blitzt unter einem alten Teppich zwischen zwei Schirmständern hervor.
Ein System gibt es auf diesem Dachboden wirklich nicht.

Die Verzierungen des Kästchens wirken sehr filigran und liebevoll, deshalb zögert Mina nicht lange und zieht es unter dem schweren Teppichstoff hervor. Eine weitere Staubwolke löst erneut einen Nies- und Hustenanfall bei dem Mädchen aus und beinahe fällt ihr das Kästchen aus der Hand. Als sie sich wieder gefangen und die Nase geputzt hat, befreit sie behutsam den Deckel von seiner Staubschicht und macht die darunter verborgenen Verschnörkelungen im Holz sichtbar.
Begeistert fährt sie mit ihrem Zeigefinger jede Kerbe nach und verliebt sich sofort in das Schmuckstück. Voller Neugier öffnet sie das Kästchen und blinzelt, als ihr in dem Moment ein Sonnenstrahl durch das Dachfenster direkt ins Gesicht scheint.
Als sie das geöffnete Kästchen ins Licht hält, wird Mina von all den Farben, die ihr entgegenstrahlen, geblendet.
Ein Amulett, gebettet auf ein Samtpolster, erfasst ihre ganze Aufmerksamkeit. Die vielen, bunten Farben, das wunderschöne Muster und die liebevollen Details, mit denen der Anhänger verarbeitet wurde, faszinieren Mina unbeschreiblich.
Sorgsam hebt sie das Amulett samt Kette aus dem Kästchen und hält es in ihren Händen ins Licht. Sie strahlt mit den Farben des Anhängers um die Wette, als sie ihn behutsam umlegt und im Nacken verschließt.

Lu

Lu ist so sehr in ihr Buch vertieft, dass sie ihre Mutter erst bemerkt, als diese bereits direkt vor ihrer Nase steht. Sie erschrickt so sehr, dass ihr das Buch aus der Hand fällt und am Boden zusammengeklappt liegen bleibt.
„Na toll," murmelt Lu und schiebt sich die Brille auf die Nase zurück,

„jetzt weiß ich nicht mehr, auf welcher Seite ich war.“ Sie greift nach ihrem Buch, doch ihre Mutter ist schneller.
„Es tut mir leid, aber ich habe drei Mal geklopft. Was soll ich machen ‚wenn neben dir eine Rakete in die Luft gehen könnte und du nicht einmal dann reagierst.“
Sie reicht ihrer Tochter den schweren Wälzer.
Lu grinst. „Tut mir Leid. Was gibt's denn?“
Ihre Mutter lässt sich neben Lu aufs Bett fallen. „Ich wollte mir dir reden. Mir ist nicht entgangen, dass es dir in letzter Zeit nicht gut gegangen ist.“
Verlegen beginnt Lu, die Brille auf ihrer Nase zu richten.
„Deshalb habe ich mir überlegt, dass es Zeit für ein ganz besonderes Geschenk ist.“
Sie fasst in ihre Jackentasche und holt einen kleinen, unscheinbaren Beutel hervor. Lu runzelt die Stirn. Ihre Mutter ist mit Geschenken immer sehr sparsam und zurückhaltend. Ein Geschenk ohne Anlass, also wenn nicht Weihnachten oder Lus Geburtstag vor der Tür steht, ist noch nie vorgekommen.
„Es hat mir immer viel bedeutet. Ich habe es vor vielen Jahren von meiner Mutter bekommen und sie wiederum von ihrer. Deshalb gebe ich es nun dir weiter und ich hoffe es bringt dir genau so viel Glück, wie es mir gebracht hat.“
Schnell legt sie ihrer Tochter den Beutel in die Hand und steht auf.
„So, jetzt muss ich aber weitermachen, es warten zwei volle Wäschekörbe im Wohnzimmer auf mich, die gebügelt werden wollen.“
Sie versucht ein Lächeln aufzusetzen, doch Lu entgehen die zarten Tränen nicht, die ihre Mutter energisch versucht zurückzuhalten. Mit zusammengekniffenen Lippen und einem energischen Blinzeln dreht sie

sich um und verschwindet durch die Zimmertür.
Lu schüttelt verwundert den Kopf und nestelt an dem Band herum, das den Beutel zusammenhält. Mit einem Ruck öffnet sich der Knoten und eine Kette fällt in Lus Schoß. Sorgsam betrachtet Lu den altmodischen, aber hübschen Anhänger. Sie hatte ihn noch nie zuvor gesehen, schon gar nicht an dem Hals ihrer Mutter. Das wäre ihr bestimmt aufgefallen. Je länger sie das Amulett betrachtet, umso schöner findet sie es und mit einem Lächeln blickt sie zur Tür. Es war ihrer Mutter bestimmt nicht leicht gefallen, so ein persönliches Geschenk an ihre Tochter weiterzugeben.
Sie steht auf und geht zur Tür.
Als sie diese öffnet, steht ihre Mutter im Flur und sieht sie an. Wortlos gibt Lu ihr die Kette und ihre Mutter legt sie ihr um den Hals. Schweigend bleiben beide so noch eine ganze Weile im Gang stehen. Lu spürt die Hände auf ihren Schultern und schließt die Augen. Ein Moment, an dem es Lu ganz unbewusst gelingt, nichts zu denken.

Fünf

Fest kneift Oberzaubermeister Bofrat die Augen zu. Er zählt langsam bis drei und öffnet sie dann Millimeter für Millimeter. Doch sie sind immer noch da. Klar und deutlich zeichnen sie sich vom tiefschwarzen Nachthimmel ab.

Drei helle, strahlende Lichter.

Sie unterscheiden sich nicht groß von den anderen Sternen am Himmel und doch bekommt Bofrat eine Gänsehaut, wenn er sie ansieht. Magische Wärme, Hoffnung und Stärke strahlt von ihnen aus.

Bereits seit einer halben Stunde steht der Magier fassungslos am Fenster seines Turmzimmers im Zauberschloss.

Erst hat er die Lichter gar nicht bemerkt.

Es war ein Abend wie jeder andere. Vor dem Zubettgehen nahm er sich wie immer ein klein wenig Zeit, um in die Sterne zu blicken und seinen Tag Revue passieren zu lassen, oder einen klitzekleinen Blick in die Zukunft zu werfen. Jeder einzelne Stern am Himmel war ihm so vertraut wie seine Westentasche. Er kannte die Konstellationen in und auswendig.

Heute jedoch ist irgendetwas anders. Konzentriert blickt er in den Himmel und plötzlich läuft es ihm kalt über den Rücken.

Drei neue, unbekannte Lichter.

So hell wie kaum ein anderer Stern am Firmament. Das kann nur eines bedeuten!

So schnell er nur kann, öffnet er den schweren Bücherschrank neben der Zimmertür und nach kurzem Stöbern hält er auch schon das gesuchte Werk in den Händen. Rasch und zielsicher blättert er sich durch die Seiten und findet bald, wonach er gesucht hatte.

Die drei magischen Lichter.
Zum x-ten Mal kontrolliert er nun die Position der Lichter am Himmel. Aber seine Vermutung war zweifelsfrei richtig. Eine kleine Träne bildet sich in seinem rechten Augenwinkel und mit einem energischen Schlucken hält er an sich, um nicht emotional zu werden.
Nun ist es also endlich so weit.
Lange genug hat er darauf gewartet. Endlich sind sie da: die drei Lichter!
Seine drei Lichter.
Ihre magische Kraft ist eine der bedeutsamsten in der gesamten Geschichte der Magie. Für ihn selbst ist sie wohl die Bedeutsamste.
Kurz fasst er sich mit der rechten Hand an jene Stelle seiner Brust, unter der sich sein Herz befindet. Er atmet tief ein und versucht das leichte Stechen darin zu beruhigen. Entschlossen räumt er das schwere Buch wieder zurück in den Schrank und rutscht anschließend unter seine Bettdecke. An Schlaf ist in dieser Nacht zwar nicht zu denken, der Oberzaubermeister hat aber ohnehin zu viele Dinge, die in seinem Kopf Purzelbäume schlagen.
In den frühen Morgenstunden ist der Plan geschmiedet und Bofrat huscht noch vor dem Klingeln seines Weckers aus dem Bett. Er darf keine Zeit verlieren.
Nur wenige Momente später versammeln sich Madame Sermina, Kräuterhexe Miraculina und, wie immer mit ihren Besen im Schlepptau, Dynamica.
Alle drei blicken sich fragend an. Der Oberzaubermeister hat seinen wichtigsten Magierinnen nur ausrichten lassen, dass sie sich so schnell wie möglich in seinem Zimmer einfinden sollten. Worum es geht, wollte er noch nicht verraten.

„Jetzt spann uns doch nicht so auf die Folter, Bofrat."
„Genau, warum wolltest du uns denn in dieser Herrgottsfrühe so dringend sprechen?"
Ungeduldig durchbohren die Magierinnen den Meister mit ihren Blicken. Beschwichtigend hebt er seine Hände.
„Nur die Ruhe, meine Damen. Die Nachricht ist zu wichtig, um sie zwischen Tür und Angel zu besprechen. Nehmt doch bitte Platz."
Nachdem die drei sich gesetzt haben, beginnt das Geschnatter erneut.
„Na, das müssen ja wichtige News sein, raus damit!"
„Wieso hast du nur uns hierher bestellt? Was ist mit den anderen Lehrkräften?"
Vielsagend lächelt Bofrat und verkreuzt die Finger ineinander.
„Ihr habt doch bestimmt schon einmal etwas von den drei magischen Lichtern gehört, oder?"
Madame Sermina nickt. „Diese Geschichte der unbändigen, magischen Kraft, die nur entsteht, wenn die drei Lichter am Himmel erleuchten? Ja, davon habe ich gehört. Aber das ist doch nur eine Legende, oder??"
Bofrat schmunzelt.
„Seit heute Nacht nicht mehr.. Die Zeit ist gekommen. Die Lichter sind erleuchtet und vielleicht könnt ihr euch denken, was das für uns und unsere Schule bedeutet."
Plötzlich ist es still im Raum. Die Damen halten die Luft an. Miraculina wagt es als Erste wieder zu sprechen. „Du denkst also, diese magische Kraft kann es schaffen, es, also du weißt schon, was ich meine, zu bekämpfen?"
Bofrat nickt.
Dynamica springt auf. „Das kann doch nicht sein. All die Jahre versuchen wir eine Lösung zu finden und nun sollen ein paar Lichter den

größten und schlimmsten Fluch unserer Schule auflösen? Das soll doch jetzt wohl ein Scherz sein!"

Bofrat erhebt sich langsam aus seinem Stuhl und blickt Dynamica ernst an. Sie sinkt sofort wieder kleinlaut in ihren Sessel und rudert zurück.

„Ich meine damit ja nur, dass es bisher noch niemand geschafft hat. Auch du nicht, Oberzaubermeister."

„Ja, weil nur die drei magischen Lichter dafür bestimmt sind, den Zauberbann zu lösen. Ihre Zeit ist nun endlich gekommen und ihr sollt sie darüber unterrichten."

Ratlos blicken ihn drei Augenpaare an.

„Wie meinst du das? Von wem sprichst du? Wem sollen wir Bescheid sagen?"

Bofrat lacht. „Naja, die drei Lichter sind Menschen wie du und ich. Genauer gesagt, drei junge Mädchen irgendwo in diesem Land und sie haben noch keine Ahnung von ihrem Glück."

Sechs

Lu

Gedankenverloren und mit einer Hand fest das Amulett, das sie um den Hals trägt umschlossen, spaziert Lu durch den Park. Der Moment mit ihrer Mutter geht ihr noch immer nicht aus dem Kopf. Zu selten ist ihre Mutter so innig mit ihr.

Lu vermisst das.

Früher war das anders. Als ihr Vater noch bei ihnen lebte, spazierten sie oft zu dritt, Hand in Hand durch diesen Park. Ihre Mutter lachte viel und Lu wurde von ihrem Vater auf den Schultern getragen, vorbei am Kiosk mit den Zeitungen und vielen Süßigkeiten, wo sich Lu meistens einen kleinen Lolli erbetteln konnte.

Sie überquert die Brücke, welche beide Parkseiten miteinander verbindet. Diese Stelle mochte Lu am Liebsten. Hier legten sie immer eine Pause ein, um die Enten zu füttern.

Heute geht Lu einfach weiter, weit und breit sind keine Enten zu sehen. Beim Blick auf den großen Baum direkt vor ihr muss sie lächeln. Mit etwas Wehmut denkt sie an das Foto, das eine Passantin damals von ihnen machte, als sie es zu dritt schafften, den riesigen Baum zu umarmen.

Zu der Zeit war ihre Mutter glückseelig. Sie zeigte Lu jeden Tag, dass sie das Wertvollste ihres Lebens war. Bis zu dem Tag, als ihr Vater plötzlich seine Koffer packte und weg war. Lu war erst acht und verstand die Welt nicht mehr. Ihre Mutter hat bisher nie darüber gesprochen. Weder über seine Gründe zu gehen, noch wie es ihr dabei gegangen war.

An diesem Tag hat Lus Mutter aufgehört über ihre Gedanken und Gefühle zu sprechen. Sie hat eine Mauer aufgebaut, hinter der sie sich versteckt und nicht einmal Lu schafft es, durchzudringen. Der Moment, als sie Lu die Kette umlegte war wie eine kurze Reise zurück in die Vergangenheit. Diese undurchdringliche Verbundenheit von Mutter und Tochter war für einen kurzen Moment zurückgekehrt. Fest umklammert versucht Lu das Amulett und damit den Moment festzuhalten. Sie lässt sich seufzend auf einer einsamen Parkbank nieder.

Manchmal wünscht sie sich in die Gedanken ihrer Mutter eintauchen zu können, um zu wissen, wie es ihr geht, auch wenn sie keine Worte darüber verliert. Bestimmt könnte sie ihr helfen.

Sie blickt sich um. Ihr war gar nicht aufgefallen, dass plötzlich einige Menschen im Park unterwegs waren.

Es ist nicht verwunderlich, der schöne Herbsttag lädt absolut zu einem Spaziergang im Freien ein. Doch etwas stört Lu an den Menschen. Sie sind nicht wirklich da, nur körperlich anwesend.

Den Blick entweder in ihr Telefon oder ins Leere gerichtet, stapfen sie gedankenverloren durch den schönen, bunten Herbstwald. Stirnrunzelnd fragt sich Lu, was wohl in den Gedanken der Menschen vor sich geht. Woran denken sie, wenn sie nicht die Sonnenstrahlen, das knirschende Herbstlaub und das Taubenpärchen sehen, das gerade in einer Pfütze badet? Was geht in ihrem Kopf vor, wenn sie gemeinsam spazieren, aber doch nur nebeneinander hergehen, weil jeder in sein Handy versunken ist?

„Wenn ich den Bus in fünf Minuten am Parkausgang erwische, dann schaffe ich es, pünktlich zum Abendessen Zuhause zu sein. Hoffentlich gibt es dann endlich einmal kein Gejammer von meiner Freundin."

Lu dreht sich um. Ihr Blick sucht die vorbeigehenden Passanten ab, doch keiner wirkt, als hätte er gerade laut gesprochen. Sie schüttelt den

Kopf und blickt auf ihr Amulett.
„Soll ich ihm jetzt gleich zurückschreiben oder doch lieber noch ein paar Minuten warten? Wirkt es, als würde ich vor dem Telefon warten bis er sich meldet, wenn ich mich gleich melde? Aber das mache ich ja eigentlich auch. Ach, warum ist das nur alles so kompliziert?“
Autsch. Lu hält sich die Ohren zu. Warum hat dieses Mädchen nur so eine grelle Stimme? Hört das denn sonst niemand?
„Essig, Klopapier, Mehl und Zahnpasta. Essig, Klopapier, Mehl und Zahnpasta.“
Lu steht auf. „Hört auf.“
Der Mann neben ihr bleibt stehen und blickt sie verwundert an.
„Was ist denn mit ihr los? Warum ist das Mädchen denn so wütend?“, hört Lu ihn sagen, doch seine Lippen bewegen sich nicht. Seine Augen fixieren sie und Lu antwortet: „Was geht dich das denn an? Lass mich doch in Ruhe.“
Sie dreht sich um und lässt den völlig verblüfften Mann stehen. Am Weg nach Hause werden die Stimmen im Kopf immer lauter und unterschiedlicher. Es ist als würde ein Orchester aus Stimmen in ihren Ohren viele verschiedene unterschiedliche Werke gleichzeitig spielen. Lu hält sich die Ohren zu und erst als sie die Haustür schwer keuchend hinter sich schließt, herrscht Ruhe. Die Stimmen sind weg. Lu atmet durch. Was war das denn?

Trix

Mit hochgezogenen Schultern, gesenktem Blick und die Schultasche fest umklammernd, stapft Trix durch den Schulflur. Sie versucht sich möglichst unauffällig den Weg zur ihrer Klasse zu bahnen, doch es

gelingt ihr nicht. Mit ihrer unbändigen Mähne und ihrem knallroten Kleid zieht sie die Blicke auf sich. Trix erwidert sie trotzig und ihr entgeht nicht, dass ein paar Mädchen heimlich mit dem Finger auf sie zeigen und über sie lachen.
Ausgerechnet in dem Moment fällt Trix auch noch fast über ihren offenen Schnürsenkel und sie bindet sie mit hochrotem Kopf wieder zu. Sie hasst dieses Gefühl anders zu sein. Andererseits hat sie auch absolut keine Lust eine von ihnen zu werden. Eine dieser langweiligen Schema F – Schülerinnen, die alle gleich aussehen, gleich reden, ja sogar gleich lachen. Sie verabscheut den Gedanken, wie eine Marionette von den Ansprüchen und Erwartungen anderer gesteuert zu werden.
Als sie sich wieder aufrichtet und die Tasche über die Schulter wirft, merkt sie plötzlich, wie sie mitten am Gang steht. Wie ein Fels im Fluss aus Menschen. Alle laufen in dieselbe Richtung, grau in grau, Ton in Ton. Keiner traut sich anderer Meinung zu sein, aus Angst, alleine da zu stehen. Niemand traut sich etwas zu riskieren, es könnte ja etwas schiefgehen. Trix fühlt sich auf einmal kraftlos und allein. Sie greift in die Tasche und tastet nach dem Amulett ihrer Großmutter. Als sie es mit den Fingerspitzen berührt, keimt in ihr der unbändige Wunsch, die Kraft zu haben, etwas zu verändern. Sie wünscht sich, anderen Menschen die Augen öffnen zu können, sie auf den richtigen Weg zu stoßen und ihnen einen Tritt nach vorne zu geben.
Plötzlich wird sie von der Seite angerempelt und als sie sich empört umdreht, passiert etwas, womit wohl keiner gerechnet hat.
An der Stelle, wo gerade noch ein anderes Mädchen gestanden hat, spürt Trix nur mehr einen schwachen Lufthauch. Als sie sich umblickt, entdeckt sie sie ein paar Meter entfernt am Boden liegend. Das Mädchen fixiert sie mit fassungslosem Blick. Ruckartig dreht Trix sich wie-

der zurück und streift dabei mit ihrem Arm eine weitere Mitschülerin, die ebenfalls in hohem Bogen durch den Flur geschleudert wird. Einige Mädchen, die das Geschehen beobachteten, schreien auf und zeigen auf Trix. Diese hebt beschwichtigend die Hände und verfehlt dabei nur knapp das Gesicht von Magda, die von einer Wucht an die Wand gedrückt wird und tief nach Luft schnappt.

„Was ist denn mit dir verkehrt?“, stößt sie empört aus.

„Ich, ich weiß nicht“, stammelt Trix und geht ein paar Schritte auf Magda zu. Als sie ihr versöhnlich die Hand auf die Schulter legt, sackt Magda wie ein Sack Kartoffeln auf die Knie. Ihr Blick ist verängstigt und panisch, als sie auf allen Vieren das Weite sucht.

„Lass mich bloß in Ruhe, du unheimliches Etwas!“

Trix greift verzweifelt nach ihrer Tasche und verlässt so schnell sie kann die Schule.

Mina

Bereits zum dritten Mal bricht heute ihre Bleistiftspitze. Mina ist genervt. Sie atmet tief durch und greift zum Spitzer. Sie weiß, dass sie selbst daran Schuld hat. Sie drückt viel zu fest auf das Blatt Papier welches auch schon ganz mitgenommen aussieht. Der Aufsatz schreibt sich damit zwar auch nicht schneller, aber Minas Hände halten trotzdem krampfhaft die Schreibutensilien fest und zerdrücken sie fast zwischen ihren Fingern.

Neben ihr fällt krachend ein Stuhl um. Mina fährt in die Höhe. Wie soll sie sich denn bitte bei diesem Lärm auf ihre Hausübung konzentrieren? Beim Anblick ihrer drei kleinen, tobenden Geschwister huscht ein kurzer Anflug von Freude über ihr Gesicht. Innerhalb weniger

Sekunden ist dieser allerdings schon wieder verschwunden, als ihre Schwester eine Tasse Kakao quer über den Tisch verschüttet und nur um Haaresbreite Minas Grammatikbuch verfehlt.
Rasch reißt sie das Buch an sich und drückt es fest an ihre Brust. Sie muss sich jetzt wirklich beherrschen, um nicht die Nerven zu verlieren. Bei sechs Geschwistern muss man ganz schön viel Geduld haben und aufeinander Rücksicht nehmen. Das ist Mina klar. Aber immer mehr hat sie das Gefühl, als große Schwester ständig zurückstecken zu müssen.
Neben ihrer Mutter übernimmt Mina oft die Elternrolle, kümmert sich liebevoll um ihre Geschwister und hat stets ein offenes Ohr für ihre Probleme und Sorgen. Je älter die Kleinen aber werden, umso mehr hat Mina das Gefühl, dass ihre Mutter mit der Erziehung der Kinder überfordert ist.
Auch heute steht sie in der Küche und starrt ins Leere. Wie ferngesteuert rührt sie mit einem Löffel im Topf herum, in dem die Suppe schon fast verkocht ist. Das Chaos und die Lautstärke im Zimmer scheinen ihr gar nicht aufzufallen.
Mina schließt ihr Buch. An Konzentration und Lernen ist heute wieder einmal nicht zu denken. In ihr Zimmer kann sie auch nicht, da ihre beiden mittleren Schwestern dort lautstark für einen Chorauftritt proben.
Sie kneift fest die Augen zu und lässt ihrer Fantasie freien Lauf. Ihre Gedanken spazieren durch die Videothek ihres Kopfes. Von Regal zu Regal, von Film zu Film. Langsam streifen sie durch die bunte Vielfalt der verschiedenen Szenarien. Bei einem Regal bleiben sie hängen und Minas Gedanken schlüpfen hinein. Hinein in einen schnellen Strudel von Bildern und Geräuschen. Plötzlich wird Mina schwarz vor Augen.

Trix

An die Schulmauer gedrückt, versucht Trix ihre wackeligen Knie zu beruhigen. Doch sie schafft es kaum sich auf den Beinen zu halten. Langsam rutscht sie Zentimeter für Zentimeter an der Wand nach unten und bleibt schließlich am Asphalt sitzen. Sie stützt den Kopf in die Hände und versucht einen klaren Gedanken zu fassen. Was war nur passiert? Bei der Erinnerung an die Kraft ihrer Hände hebt sie diese langsam von ihrem Kopf und hält sie vor ihr Gesicht. Sie mustert ihre Finger, ihre Handflächen und Handrücken. Jede einzelne Stelle nimmt sie genau unter die Lupe, doch sie sehen aus wie immer. Sie ballt die Hand zu einer Faust und spreizt dann die Finger so weit sie kann. Doch nichts passiert.

„Das wird so nichts." Dynamica verschränkt schmunzelnd die Arme. Trix zuckt zusammen, als sie die große, muskulöse Frau bemerkt, die auf einmal vor ihr steht.

„Hä? Wo kommen Sie denn plötzlich her?"

„Von da oben."

Dynamica deutet in den Himmel. Trix sieht sie an, als wäre sie nicht ganz dicht. Sie mustert die ungewöhnliche Erscheinung von Kopf bis Fuß und zwickt sich dann unauffällig in den Arm, um sicherzugehen, dass sie nicht träumt. Dynamicas durchtrainierte Figur wirft einen Schatten auf Trix und sie muss blinzeln, um ihre genauen Gesichtszüge erkennen zu können. Sie sind hart und wirken gezeichnet. Trix blickt in den Himmel. Von da oben?

Dynamica folgt dem Blick des Mädchens und deutet zur Wand neben ihr. Erst in diesem Moment bemerkt Trix den seltsamen Besen der dort lehnt. Es ist kein normaler Besen, wie er Zuhause im Schrank steht. Er

ist irgendwie anders. An ein paar Stellen ist er mit Isolierband zusammengeklebt. Sieht irgendwie schon ziemlich benützt aus, bemerkt Trix.
„Du bist also Trix."
Dynamica beobachtet sie immer noch mit Argusaugen.
„Richtig, und wer sind Sie?", antwortet das Mädchen und sieht sie herausfordernd an.
Die große, dunkelhaarige Frau erwidert den Blick und erklärt: „Mein Name ist Dynamica. Ich würde sagen, du kommst mit mir mit."
„Hah" Trix lacht, rappelt sich auf und greift nach ihrer Schultasche.
„Ich denke nicht, dass Sie das zu entscheiden haben. Einen schönen Tag noch." Sie macht auf dem Absatz kehrt und stapft den Weg entlang in Richtung Straße. Den Blick fest auf den Boden gerichtet, versucht sie ihre Unsicherheit zu überspielen. Da prallt sie plötzlich gegen etwas Hartes und mit einem Mal sitzt sie rücklings auf dem Boden. Als sie aufsieht bemerkt sie Dynamica, die wie eine Mauer vor ihr steht, die Hände in die Hüften gestützt. „Ich war noch nicht fertig."
Trix zittert: „Was wollen sie von mir?"
Dynamica streckt ihr die Hand entgegen. „Dir helfen. Komm mit."

Lu

Keuchend lehnt Lu an der Innenseite der Haustür. Sie fasst sich an den Kopf. Wo kamen nur all diese Stimmen her? Plötzlich klopft es. Lu fährt mit einem Satz weg von dem Tor. Ihr Herz rast noch schneller. Dabei war ihr Puls bereits auf 180. Zögerlich öffnet sie das Tor einen winzigen Spalt.
Ihr erster Blick fällt auf eine kleine, runde Brille, mit unbeschreiblich dicken Brillengläsern. Hinter den Gläsern verbergen sich wachsame,

freundliche Augen. Sie gehören einer kleinen, etwas rundlicheren Frau.
„Kann ich Ihnen helfen?“
„Oh ich denke, ich kann eher dir helfen, mein liebes Kind“, antwortet die Frau.
Lu lächelt höflich: „Danke, aber ich möchte nichts kaufen.“
Vorsichtig will sie die Tür schließen, doch die Frau ist schneller. Sie hält einen Stock zwischen Tür und Angel und drückt sich hindurch. Bei genauerem Betrachten fällt Lu auf, dass es sich aber nicht etwa um einen Gehstock handelt. Die Frau hat doch allen Ernstes einen Besen bei sich. Lu weicht einen Schritt zurück. Irgendetwas stimmt mit der Alten nicht.
„Du brauchst keine Angst haben, meine Liebe. Mein Name ist Madame Sermina, ich komme von Schloss Heavenport und möchte mit dir sprechen.“ Sie streckt ihr einladend die Hand entgegen.
Doch Lu schüttelt nur den Kopf. Stumm wie ein Fisch und mit offenem Mund.
Sermina lächelt: „Das habe ich mir schon gedacht. Tja, ist dir in letzter Zeit etwas komisch vorgekommen? Vielleicht etwas Seltsames passiert, dass du dir nicht erklären kannst?“
Lu schließt den Mund und runzelt die Stirn.
„Siehst du. Das hab ich mir doch gedacht. Lass mich raten. Du hörst Stimmen?“
Immer noch mit gerunzelter Stirn nickt Lu. Woher weiß die Frau das? Misstrauisch beäugt sie Madame Sermina und ihr eigenwilliges Outfit. Mit ihrem langen, wallenden Rock und dem Tuch um die Schultern wirkt sie ziemlich altertümlich. Lu würde sie jedoch nicht älter als 40 schätzen. Die langen Haare sind zu einer zerzausten Hochsteckfrisur zusammengerafft und unter dem Arm klemmt ein Buch. Ein Buch?

Wer bitte schleppt so einen riesigen Wälzer mit sich durch die Gegend? Lu richtet sich nervös ihre Brille.
„Also was ist das mit den Stimmen? Können Sie mir das erklären?"
„Aber sicher kann ich das Ludmilla. Komm mit, ich zeige es dir."

Mina

Alles um sie herum ist bunt. So viele schöne, weiche, wunderbare Farben hat Mina noch nie auf einmal gesehen. Sie ist fasziniert von der bunten Welt und taucht komplett in sie ein. Sie beginnt sich zu drehen, zu tanzen und da hört Mina sie.
Diese wundervolle Musik.
Voller Begeisterung läuft sie los, springt und gleitet von einem Ort zum nächsten. Wo sie ist? Mina hat keine Ahnung. Plötzlich war ihr schwindelig und dann war alles weg. Einfach verschwunden. Aufgewacht ist sie hier, an diesem wundervollen Ort. Keine schreienden, nervtötenden Geschwister, keine komplizierten Schulaufgaben und keine Mutter die sie im Stich lässt.
Mina tanzt und tanzt.
Sie tanzt sich alles vom Herzen und lässt ihren Gefühlen freien Lauf. Hier an diesem Ort ist es egal wer sie ist und wie sie ist. Sie kann so bunt und schillernd sein wie sie will. Denn hier ist alles bunt und schillernd.
Plötzlich spürt sie einen Sog. Irgendetwas zieht sie in den Boden. Sie versucht zu laufen, immer schneller und schneller. Doch sie kann es nicht verhindern. Die Farben verblassen und dann ist plötzlich wieder alles schwarz.
Sie will die Augen nicht öffnen. Ihr ist klar wo sie ist. Das Geschirr-

geklapper, das Quietschen des Sessels, der permanent vor und zurück geschoben wird, das Kinderlachen, sie ist wieder Zuhause.
Ihr ist schwindelig. Sie hält die Augen noch ein paar Minuten geschlossen. Alles dreht sich. Was war nur passiert?
Irgendetwas zieht an ihrem Ärmel. Mina schaut hinunter. Ihre kleine Schwester Luna blickt sie mit großen Augen an.
„Da bist du ja wieder. Ich hab dich schon gesucht."
„Wieso gesucht? Ich war doch hier?"
Luna lacht. „Du bist ja ein Doofmatz. Ich hab dich bestimmt hundert Jahre im ganzen Haus gesucht." Mina schüttelt belustigt den Kopf. Sie nimmt Luna auf den Schoß und hilft ihr die Schuhbänder zu binden. Doch ihre Gedanken kreisen um ihre Reise. War sie wirklich weg gewesen? Es fühlte sich auf jeden Fall ziemlich real an. Aber das kann doch nicht sein. Oder?

Lu

Madame Sermina und Lu spazieren am Ufer des Flusses entlang.
„Pass auf. Das Mädchen dort vorne lernt gerade ihre Vokabel auswendig." Sermina deutet auf ein kleines, blondes Mädchen, das mit dem Rücken zu ihnen auf einer Bank sitzt.
„Woher willst du das wissen? Du siehst sie doch nicht einmal richtig?"
„Aber ich kann sie hören. Und du auch gleich. Warte. Jetzt!"
Plötzlich hört Lu es klar und deutlich.
„Versuchen, to try, schwimmen, to swim, kaufen ... ähm"
„to buy" Lu kann sich nicht verkneifen es auszusprechen. Das Mädchen blickt sich erschrocken um. Sie steht auf und geht rasch weg.
„Sie hat das aber gerade nicht laut gesagt, oder?" Lu wendet sich Mada-

me Sermina zu.
„Nein, das hat sie nicht."
Gemütlich spazieren die beiden weiter.
„Warum höre ich ihre Gedanken?" Lu traut sich den Satz kaum auszusprechen und er kommt kaum lauter als ein Flüstern.
„Weil du etwas Besonderes bist, Ludmilla. Du hast magische Kräfte."
Lu bleibt stehen. „So etwas gibt es nicht."
Madame Sermina lächelt. „Stimmt. Deshalb kannst du mir auch bestimmt nicht sagen, an wen die Frau dort vorne gerade denkt."
Lu sieht sich um und erkennt in einigen Metern Entfernung eine alte Frau auf einer Parkbank. Sie scheint ins Leere zu blicken, doch Lu hört ganz deutlich ihr Gebet.
„Sie denkt an ihren Sohn, der im Krankenhaus liegt. Er hatte einen Unfall und sie betet für seine schnelle Genesung."
Lu schlägt sich die Hand vor den Mund. Sermina legt einen Arm um das Mädchen und lächelt sie an. „Du brauchst keine Angst zu haben. Sei dankbar für das Geschenk, das du damit bekommen hast. Komm mit nach Heavenport, dort wirst du sehen, dass das, was du als seltsam empfindest, komplett normal ist."
Mit der einen Hand umklammert sie ihr Buch, mit der anderen macht sie ihren Besen bereit. Lu überlegt kurz, ihr Gegenüber für geisteskrank zu erklären, doch nach allem was in den letzten Minuten passiert ist, wundert sie gar nichts mehr. Aus irgendeinem Grund folgt sie ohne darüber nachzudenken der einladenden Hand von Madame Sermina und lässt sich auf deren Besen ziehen. Gerade noch rechtzeitig kann Lu sich mit beiden Händen festhalten und schon saust der Besen hoch in den Himmel.

Mina

Gerade als Mina den letzten Teller in den Kasten räumt, bemerkt sie einen Schatten vor dem Fenster. So schnell wie er aufgetaucht ist, ist er aber auch wieder weg. Mina wischt die Arbeitsfläche mit einem Tuch trocken und als sie sich umdreht um in ihr Zimmer zu gehen, fällt ihr erneut ein Wuschelkopf vor dem Fenster auf.

„Hallo? Ist da jemand?" Zaghaft nähert sich Mina der Tür. Ihre Mutter ist mit all ihren Geschwistern auf dem Spielplatz. Sie ist allein Zuhause und Mut gehört nicht unbedingt zu ihren Stärken. Da hört sie ein leises Kichern.

Nanu? Was soll das denn sein? Ein kichernder Einbrecher? Wohl kaum. Neugierig öffnet Mina die Tür. Vor ihr steht eine Frau, etwa Mitte 30. Ihre Haare stehen kreuz und quer von ihrem Kopf weg. An einer Stelle findet Mina eine Feder in ihren zerzausten Locken.

Große Ohrringe, viele Halsketten und Armbänder lassen jede diebische Elster neidisch werden. Ihr buntes, wallendes Gewand erinnert an eine Zigeunerin und ihre hektische, unruhige Art macht Mina irgendwie nervös.

„Ja bitte?", fragt sie die Frau.

„Ach, endlich habe ich dich gefunden", lacht diese erleichtert auf, „ich suche bereits seit Stunden nach dir, aber das ist hier ja alles so verwirrend." Sie sieht sich aufgeregt um.

Mina beobachtet sie dabei belustigt. Weit und breit gibt es hier nur das Haus ihrer Familie. Zum nächsten Nachbarn ist es ein 15-minütiger Fußmarsch.

„Darf ich fragen, warum Sie mich suchen, Frau ...?"

„Miraculina. So heiße ich. Miraculina. Dich liebe Mina, suche ich, weil

ich dich mit nach Heavenport nehmen soll."
„Heavenport? Nie davon gehört. Was soll das sein?"
Mina findet diese Dame immer noch sehr amüsant und versucht hartnäckig, nicht zu lachen, um nicht unhöflich zu sein.
„Na, die Zauberschule für junge Menschen mit besonderen Fähigkeiten. Wie dich zum Beispiel."
Jetzt kann Mina sich ein Lachen nicht mehr verkneifen.
„Ich? Ich soll auf eine Zauberschule gehen? Ich glaube Sie sind ein bisschen zu lange in der Sonne gewesen."
Miraculina fasst sich in ihr Gesicht. „Meinst du? Habe ich rote Flecken?"
Mina greift sich an die Stirn. Was ist nur mit dieser Frau los?
Diese schüttelt sich plötzlich als würden hundert Fliegen auf ihrem Körper sitzen. „Papperlapapp, ich schweife schon wieder ab. Auf jeden Fall hat mich Oberzaubermeister Bofrat geschickt, um dich zu holen. Liebe Mina, bitte komm mit auf meinen Besen. Hm .. Wo hab ich den überhaupt? Hast du zufällig einen alten aber wunderschönen Besen gesehen?"
Schon macht sie sich suchend auf den Weg.
„Moment mal." Mina verschränkt amüsiert aber schon leicht gereizt die Arme vor ihrer Brust.
„Ich weiß ja nicht, woher Sie meinen Namen und meine Adresse kennen, aber mit Zauberkräften kann ich Ihnen leider beim besten Willen nicht dienen."
Verdutzt blickt Miraculina sie an. „Ach nein? Aber du bist doch Mina oder nicht?" Sie sieht sich um, als würde sie überprüfen, ob sie auch beim richtigen Haus war.
„Ja schon, aber ..."

„Und du kannst dich doch wegzaubern, oder? An andere Orte, in andere Zeiten, was auch immer du willst."
Plötzlich bleibt Mina das Lachen im Hals stecken. Woher weiß diese seltsame Frau von ihren Fantasiereisen? Hat sie sich wirklich vorhin weggezaubert?
„Naja ... also ... vielleicht?"
Da strahlt Miraculina sofort wieder über das ganze Gesicht. „Wusste ich es doch. Du bist genau die Mina, die ich suche. Ah, da vorne ist ja auch mein geliebter Wuschel. Komm mit."
Sie nimmt das verblüffte Mädchen an der Hand und zieht es hinter sich her.

Trix

Staunend hält Trix den merkwürdigen Besen in der Hand.
„Er hat schon einige heftige Flüge hinter sich. Deshalb auch die paar Macken. Aber er leistet immer noch gute Dienste."
Stolz klingt in ihrer Stimme mit, als Dynamica über ihren Besen spricht. Trix sieht sie ungläubig an. So richtig kann sie die ganze Geschichte immer noch nicht glauben. Aber selbst sie, eine absolute Skeptikerin und Realistin, kann nicht leugnen, dass irgendetwas Seltsames in ihr vorgeht.
„Warum kann ich das? Warum kann ich Dinge und Menschen bewegen? Woher kommt diese Kraft?" Trix bombardiert ihre Begleitung mit zahlreichen Fragen.
Diese hebt nur abwehrend die Hände. „Das kannst du alles Bofrat, den Oberzaubermeister unserer Schule fragen. Ich bin nur hier, um dich abzuholen. Das ist alles."

Sie weiß nicht warum, aber aus irgendeinem Grund fasst Trix Vertrauen zu der energischen, eigenwilligen Frau. Sie schwingt sich hinter ihr auf den Besen und plötzlich sausen sie so schnell in die Luft, dass Trix Mühe hat sich festzuhalten. Der Wind saust ihr um die Ohren und die Häuser und Autos auf den Straßen unter ihnen werden plötzlich klein wie Ameisen. Trix spürt einen Adrenalinstoß wie noch nie in ihrem Leben. Sie liebt das Abenteuer, die Höhe und Geschwindigkeit, aber dieser Flug auf einem Besen ist besser als alles, was sie bisher erleben durfte. Sie fliegen schneller als Trix je laufen könnte, höher als sie jemals springen würde und als Dynamica einen Blick über ihre Schulter wirft und das Leuchten in Trix Augen sieht, ist sie sich sicher, Bofrat hat Recht.

Dieses Mädchen ist eindeutig eines der drei magischen Lichter.

Sieben

Lu blickt sich um. Die großen, dunklen Gewölbe findet sie irgendwie gruselig. Die Mauern strahlen gleichzeitig Kälte und doch etwas unglaublich Heimeliges aus. Sie kann nicht erklären warum, aber obwohl sie das alte Gebäude ein bisschen zum Fürchten findet, fühlt sie sich trotzdem sofort zuhause. Madame Sermina packt sie an der Hand und zieht sie weiter in die große Halle. Lu versucht fieberhaft, sich jede Kleinigkeit im Raum einzuprägen. Das macht sie immer, wenn sie an einen neuen Ort kommt. So fühlt sie sich schneller sicher.

Die Ziegel der Mauer, die Verzierungen über den Türbögen, die zahlreichen Bilder an den Wänden. Aber es sind so viele, dass es sogar Lu schwer fällt sich alle zu merken. Als Madame Sermina sie endlich los lässt, findet Lu sich inmitten eines großen Eingangsfoyers wieder.

Sie dreht sich langsam im Kreis, um das Ausmaß des riesigen Raumes erfassen zu können. Da fällt ihr Blick auf ein Mädchen im Türrahmen. Lu bemerkt einen unsicheren Blick in ihren Augen, doch sie merkt auch, dass sich das Mädchen unter keinen Umständen die Blöße geben würde, zuzugeben, dass ihr diese Situation unbehaglich war. Genau wie Lu blickt sie sich interessiert um.

Lu runzelt die Stirn. Wie sieht die denn aus? Dieses Kleid, die Schuhe und vor allem ... diese Haare! Kaum sichtbar schüttelt sie ungläubig den Kopf, versucht dann aber sich wieder zu sammeln und sich auf Madame Sermina zu konzentrieren.

Diese ist gerade dabei, ihr Informationen über die Geschichte des Schulgebäudes zu geben, als das seltsame Mädchen plötzlich geradewegs auf sie zu stapft.

„Hi, ich bin Trix."

Eine kleine, zierliche Hand streckt sich ihr entgegen. Doch obwohl das Mädchen um einen Kopf kleiner ist als Lu, steckt in ihr eine Energie und Kraft, die Lu verblüfft.
Zögerlich nimmt sie die Hand und ist umso überraschter von dem festen Händedruck. Was steckt nur in dieser kleinen Person?
„Ziemlich heftig alles hier, findest du nicht?“ Trix blickt sich um.
„Äh ja ... heftig.“ Lu ist immer noch damit beschäftigt, diese Trix zu beobachten.
„Und was führt dich hierher?“
Die forschen, blauen Augen durchbohren sie neugierig.
Lu deutet auf Madame Sermina, die immer noch eifrig erzählend durch den Raum wandert. „Madame Sermina, sie hat mich hergebracht. Aber etwas Näheres kann ich dir leider nicht berichten.“
Trix lacht. „Na, dann weißt du ja genauso viel wie ich. Meine Begleitung hat mich einfach hier abgestellt und war sofort verschwunden. Sehr nett. Naja, jetzt kenn ich ja dich.“
Sie grinst.
„Wie heißt du eigentlich?“
Lu´s Wangen bekommen einen leichten, rötlichen Schimmer. Sie ist es nicht gewohnt, von Leuten angesprochen zu werden.
„Ludmilla, aber bitte nenn mich Lu. Ich hasse meinen Namen“, fügt sie leise hinzu.
„Geht klar, Lu“, zwinkert Trix ihr zu und dreht sich ruckartig um, als sie ein fröhliches Jauchzen hinter sich hört. Die beiden Mädchen blicken zur Tür, in der eine ältere Frau in seltsamer Kleidung steht. Doch der Freudenausbruch kam nicht von ihr.
Ein Mädchen mit wallendem, braunen Haar und einem blauen Kleid läuft durch den Saal.

„Ist das schön hier! Diese Gemälde! Einfach unglaublich!"
Das Strahlen in ihren Augen ist kaum zu übersehen. Sie dreht sich im Kreis und streckt ihre Arme von sich, als würden die Deckengemälde wie ein warmer Sommerregen auf sie herabrieseln. Ihr Kleid schmiegt sich um ihren zarten Körper wie rauschendes Meer und je schneller sie sich dreht, umso höher schlagen die Wellen. Plötzlich bemerkt Mina, dass sie beobachtet wird. Sie hält inne und blickt die beiden Mädchen erstaunt an. Ihr Blick verrät, dass sie vor lauter Begeisterung die ganze Welt um sich herum vergessen hat.
Doch sofort werden ihre Augen weich und mit einem strahlenden Lächeln kommt sie auf die beiden zu. In ihrem Glücksrausch breitet sie ihre Arme aus und fällt zuerst Trix, dann der verblüfften Lu um den Hals, als würde sie zwei Freundinnen begrüßen.
„Ich freue mich so, euch kennen zu lernen. Ich bin Mina und wer seid ihr?"
„Ich bin Trix und das ist Lu", antwortet Trix, die als Erste ihre Sprache wiedergefunden hat.
„Ach wie schön, dass ihr euch schon angefreundet habt, Mädchen", ertönt eine schrille Stimme aus dem Hintergrund. Miraculina rauscht fröhlich heran und legt die Arme um Trix und Mina. „Oberzaubermeister Bofrat erwartet euch bereits. Kommt mit."
Schon ist sie durch die Tür gerauscht.
„Na da bin ich ja mal gespannt." Trix verschränkt die Arme und folgt der Hexe mit schnellem Schritt. Mina und Lu folgen ihr und haben sogleich Mühe mit dem energischen Mädchen mitzuhalten.

Acht

Als die Mädchen zögerlich den Raum betreten, knarren die Dielen unter ihren Füßen und Lu zuckt bei jedem Geräusch ängstlich zusammen. Sie bleiben im Türrahmen stehen und beobachten Oberzaubermeister Bofrat, der seinen Blick von ihnen abgewandt aus dem Fenster richtet. Sein langes Gewand reicht bis auf den Fußboden und unter seiner Mütze erkennen sie graues, etwas schütteres Haar. Trix hält sich die Faust vor den Mund und räuspert sich merklich, um auf sich aufmerksam zu machen.

Doch Bofrat rührt sich nicht.

Trix räuspert sich erneut, dieses Mal noch etwas lauter. Beim dritten Versuch wird Trix schon etwas rot im Gesicht, so sehr strengt sie sich an.

Mina muss lachen und hält sich schnell die Hand vor den Mund, um den Zaubermeister nicht zu verärgern.

„Ich denke, du hast eine Frosch im Hals, liebe Beatrix."

Die Worte kommen ruhig und gelassen aus der Richtung des Zauberers. Trix´ Kinnlade fällt hinunter und Mina lacht leise: „Beatrix?!" Trix schließt schnell den Mund und geht einen Schritt nach vorne. „Woher wissen Sie, dass ich es bin, Herr Oberzaubermeister?"

Bofrat dreht sich langsam um.

„Es ist sehr schön euch endlich zu sehen, liebe Mädchen. Setzt euch doch bitte."

Trix ist kurz versucht zu protestieren, da er ihre Frage nicht beantwortet hat. Doch sie reißt sich zusammen und folgt stumm der Aufforderung. Lu und Mina haben sich bereits auf zwei Stühlen in der gemütlichen Ecke niedergelassen.

Mit gemächlichem Schritt nähert sich der alte Mann den Mädchen. Sein Bart reicht bis auf den Boden und seine Augen strahlen eine unheimliche Güte und Weisheit aus.
„Ihr wundert euch bestimmt, warum ihr hier seid, nicht?"
Bofrat blickt die Mädchen, eine nach der anderen, an.
„In der Tat", schießt Trix hervor.
Der Zauberer lächelt. „Nun ja, wie ihr wahrscheinlich bemerkt habt, ist in den letzten Tagen etwas Seltsames mit euch passiert. Ihr habt eure magischen Fähigkeiten erhalten. Damit seid ihr zu jungen Hexen geworden. Heavenport ist eine Schule für junge Magier und bietet euch die beste Ausbildung, die ihr euch nur vorstellen könnt."
„Wie, Hexen?" Mina ist die Verblüffung ins Gesicht geschrieben.
„Magie, Zauberkräfte. Ihr habt Fähigkeiten, die nicht jeder Mensch erhält. Du zum Beispiel, liebe Mina, kannst dich an andere Orte zaubern. Nur mit der Kraft deiner Fantasie. Oder Ludmilla, du kannst die Gedanken anderer Menschen hören. Du weißt wie es ihnen geht oder was sie denken, ohne dass sie ein Wort sprechen. Deine Fähigkeit, Beatrix, ist es, mit reiner Geisteskraft Dinge oder Menschen zu bewegen. Eure Fähigkeiten sind noch roh und ungeschliffen wie Diamanten. Ihr müsst sie pflegen, trainieren und verbessern, um die komplette Kontrolle darüber zu erhalten. Heavenport hat die besten Lehrer, die euch diese Dinge beibringen werden. Genau aus diesem Grund seid ihr hier."
Es herrscht Stille. Sogar die vorlaute Trix ist kurz sprachlos.
„Also werden wir hier zu Schule gehen? Wir werden hier wohnen, lernen und leben, fern von unserer Familie?" Mit ruhiger Stimme spricht Lu das aus, was sich alle drei in diesem Moment denken.
„So ist es." Bofrat tritt an seinen großen Schreibtisch und öffnet eine

Lade. „Am Anfang ist es bestimmt nicht einfach, doch ihr werdet schnell erkennen, dass ihr am richtigen Ort seid."

„Aber was ist mit unseren Eltern?" Minas Stimme zittert. „Sie werden sich doch Sorgen machen."

„Sie wissen Bescheid."

Bofrats Antwort klingt, als wären keine weiteren Fragen mehr nötig.

Er nimmt ein kleines Päckchen aus rotem Samt aus der Schublade und legt es vorsichtig auf den Schreibtisch. Sorgsam faltet er den Stoff auseinander und drei dünne Stäbe aus mit vielen Details verziertem Holz kommen zum Vorschein.

„Dann wollen wir mal sehen."

Er hebt den ersten Stab, hält ihn vorsichtig in beiden Händen und schließt die Augen. Argwöhnisch beobachten die drei Mädchen den Zauberer.

Als er plötzlich zusammenzuckt, stößt Mina einen leisen Schreckensschrei aus. Die Mädchen halten die Luft an.

Bofrat lächelt. „Kraftvoll und energiegeladen. Wie unsere liebe Beatrix."

Er reicht der verblüfften Trix den Zauberstab. Vorsichtig legt er ihn in ihre Hände.

„Gib gut darauf Acht, er wird einer deiner treuesten Wegbegleiter und Helfer sein."

Trix nickt stumm und kann den Blick nicht mehr von dem wunderschönen Stab abwenden. Bofrat hat bereits den zweiten Stab in den Händen und kurz nachdem er die Augen geschlossen hat, huscht ein Lächeln über sein Gesicht.

„Ich sehe Farben und höre Musik." Er öffnet die Augen. „Ich weiß, zu wem dieser Zauberstab gehört."

Er tritt auf Mina zu und reicht ihr den Stab. Mina muss aufpassen, dass er ihr nicht aus den Händen fällt, so sehr zittert sie vor Aufregung.
„Na dann fehlt ja nur noch einer."
Bofrat zwinkert Lu zu und greift nach dem letzten Exemplar.
„Oh ja, oh ja, ich sehe es ganz deutlich. Diese Ruhe und Besonnenheit kann nur zu dir gehören." Lächelnd überreicht er auch den letzten Stab seiner rechtmäßigen Besitzerin.
Die drei Mädchen sind immer noch damit beschäftigt ihre ersten Zaubermittel zu begutachten, als der Oberzaubermeister sie ermahnt: „Behandelt sie mit Vorsicht und Bedacht. Diese Stäbe sind kein Spielzeug. Ihr könnt damit eine Menge Gutes, aber auch viel Böses anrichten. Im Unterricht werdet ihr lernen, wie ihr damit umgehen müsst. Geht nun auf euer Zimmer, dort wartet ein weiterer wichtiger Gegenstand auf jede von euch."

Vor der Tür des Oberzaubermeisters wartet bereits Miraculina auf die Mädchen, um sie zu ihrem Zimmer zu führen. Sie unterhält sich mit zwei anderen Damen, die, wie Lu vermutet, wohl auch zum Lehrkörper gehören. Als sie die Mädchen in der Tür erblickt, erhellt sich Miraculinas Miene und sie breitet die Arme weit aus.
„Kommt, kommt, meine Mädchen. Ich bringe euch in eure Schlafkammer."
Mit diesen Worten rauscht sie auch schon den Gang hinunter und die beiden Damen sowie die drei Junghexen folgen ihr.
Plötzlich bleibt Trix stehen.
„Was ist das denn für eine seltsame Tür?" Sie deutet auf eine schwere, alte Holztür, die mit Staubweben voll behängt ist. Sogar eine dicke Efeuranke wächst bereits auf dem Türrahmen. Die Inschrift auf der

Tür ist vor lauter Staub und Dreck kaum noch zu erkennen.
„Zimmer Nr. 33", sagt Lu laut. „Wer wohnt denn hier?"
Miraculina zuckt zusammen und bleibt stehen. „Niemand Kind, niemand."
Die beiden unbekannten Damen werfen erst sich und dann Miraculina einen raschen Blick zu. Lu runzelt die Stirn. „Was ist das dann für ein Raum?"
„Hah" Miraculina lacht seltsam schrill auf. „Ach, das ist nur eine alte, schmutzige Abstellkammer. Nichts weiter. Kommt Kinder, wir haben noch ein Stück bis zu eurem Zimmer." Sie läuft so schnell weiter, dass den dreien nichts anderes übrig bleibt als ihr zu folgen. Lu wirft nochmal einen Blick zurück. Irgendetwas ist hier faul.

Neun

Mit Schwung stößt Miraculina die Holztür weit auf.
Mina blinzelt. Das Sonnenlicht, das das Zimmer durch das große Fenster erleuchtet, blendet sie. Sie schirmt die Augen mit ihrer flachen Hand ab und sieht sich um. Der Raum ist groß und hell.
Die Dielen knarren unter ihren Füßen, als Mina mit ein paar Schritten in die Mitte des Zimmers geht. Lu und Trix folgen ihr neugierig. Trix ist die Erste, die mit einem riesigen Satz auf das Bett unter dem Fenster springt.
„Meins!“ ruft sie sofort lautstark und legt sich mit einer besitzergreifenden Geste quer über die Matratze. Arme und Beine weit von sich gestreckt, blickt sie die anderen beiden zufrieden an. Lu zuckt mit den Schultern und wirft ihre Tasche auf das Bett hinten in der Ecke. „Ich schlaf sowieso lieber weit weg von der Tür.“
Mina lächelt und setzt sich auf das übrig gebliebene dritte Bett im Zimmer. „Ich finde es echt schön hier.“ Sie streicht mit den Händen über die bunte Patchworkdecke, die über ihr Bett gelegt ist. Plötzlich stößt sie auf etwas Kantiges.
„Aua“ Mina zieht schnell ihre Hand zurück. „Was war das denn?“
Sie hebt vorsichtig die Tagesdecke und zieht ein großes, schweres Buch hervor. Sie öffnet es auf der ersten Seite und hält verblüfft inne. Mit wunderschöner, verschnörkelter Schrift steht klar und deutlich ‚Mina‘ mit großen Buchstaben geschrieben. Kurz ist sie irritiert, doch dann lächelt sie wieder und blättert weiter. Eigentlich dürfte sie hier in dieser Schule gar nichts mehr wundern. Dem Inhaltsverzeichnis entnimmt sie, worum es sich bei dem Buch handelt.
„Zukunftszauber, Umkehrzauber, Verformungszauber ... Mädels, das

ist ein Zauberbuch!", ruft Mina begeistert aus. So schnell sie kann, blättert sie durch die vielen, vollgeschriebenen Seiten. Ihre Augen leuchten, als sie beim Kapitel Kräuter & Zaubertränke die vielen bunten Abbildungen von Blumen, Blättern und Wurzeln entdeckt. Trix hat sich bereits neugierig neben sie gesetzt und Lu lauscht gespannt, als Mina einen Zauberspruch nach dem anderen vorliest. Als sie eine kurze Pause einlegt, kann Trix es sich nicht verkneifen, ihrer Enttäuschung Gehör zu verschaffen.

„Warum hast du so ein tolles Buch bekommen und wir nicht?" Trotzig verschränkt sie ihre Arme.

Mina zuckt mit den Schultern. „Ich weiß auch nicht. Hast du denn überhaupt nachgesehen? Meines war ja auch etwas versteckt unter der Decke."

Sofort springt Trix auf und saust zu ihrem Bett. Sie schleudert Kissen und Decken durch die Gegend, doch das Bett ist leer. Missmutig lässt sie sich darauf niedersinken. Mina steht auf und geht auf sie zu. Auf halbem Weg bleibt sie jedoch stehen, senkt ihren Blick und geht auf die Knie. Flink wie ein Käfer krabbelt sie zu Trix' Füßen und zieht mit einem Ruck ein weiteres Buch unter dem Bett hervor.

„Na siehst du! Ich wette dieses Buch ist für dich."

Als Trix die erste Seite aufschlägt, bestätigt sich ihre Hoffnung. Ihr Name steht mit großen Buchstaben auf dem weißen, leicht vergilbten Papier. Glücklich drückt sie das Buch an ihren Oberkörper.

„Los Lu, du musst dein Buch finden."

Gespannt beobachten die beiden Mädchen wie sich die Dritte im Bunde auf die Suche nach dem Zauberbuch macht. Triumphierend zieht Lu den dicken Wälzer unter ihrem Kopfkissen hervor. „Tja, ich denke wir können loslegen, oder?"

Alle drei lachen und beginnen es sich in dem Zimmer gemütlich zu machen.

Ach Heavenport. Die alten Mauern, die dunklen, unendlich langen Gänge und die Magier, die das Gebäude mit Leben füllen. Allen voran die Seele von Heavenport: Oberzaubermeister Bofrat.
Hinter seiner strengen Fassade steckt ein grundgütiges Herz. Niemand weiß das besser als ich.
Wie kann man sich hier als Zauberer nicht sofort wie zuhause fühlen? Auch meine Mädchen schließen die Schule sofort in ihr Herz.
Die letzten Wochen waren für die drei vor allem eines: Aufregend!
Viele neue Mitschüler, neue Lehrer, die zahlreichen, ungewöhnlichen Schulfächer und vor allem eines, die Zauberei. Sie sind fasziniert von der Welt, in die sie eintauchten. Nichts scheint mehr unmöglich. Dinge können plötzlich fliegen, die Zeit kann stillstehen und Tiere können sprechen. Am meisten aber genießen sie die Zeit, die sie zusammen verbringen. Zwischen meinen dreien ist eine innige Freundschaft entstanden und sie sind froh, in der spannenden, jedoch zugleich angsteinflößenden Zeit nicht alleine zu sein. Sie haben jemanden, der ihre Ängste und Sorgen, sowie auch ihre Hoffnungen und Träume teilt. Jede hat ein offenes Ohr für die andere und sie haben sich gegenseitig sehr tief in ihre Herzen geschlossen.
Wie schön, dass sie sich sofort angefreundet haben und welch glücklicher Zufall, dass sie zusammen ein Zimmer bewohnen...

Zehn

„Leute, ich kann euch gar nicht sagen, wie viel Spaß diese Besenflugstunde gerade gemacht hat.“ Trix hüpft durch das Zimmer und drückt ihren geliebten Besen fest an sich. In den letzten Wochen war er zu ihrem ständigen Begleiter geworden. Liebevoll streicht sie über die Borsten und stellt ihn dann neben ihr Bett an die Wand. „Wie war euer Tag?“

Lu schließt ihr Buch. Sie war gerade dabei die Erlebnisse des Tages niederzuschreiben.

„Lang“, lacht sie und setzt sich im Schneidersitz auf ihr Bett, „aber schön. Morgen haben wir einen Test in Zaubergrundlagen. Wir sollten echt noch dafür lernen, meint ihr nicht?“

Mina nickt.

„Was haltet ihr davon, wenn wir in die Bibliothek gehen? Die anderen aus dem Kurs sind sicher auch dort und gemeinsam lernt es sich doch viel schneller.“

Sie schnappen ihre Unterlagen und huschen sogleich aus der Tür.

In der Bibliothek wuselt es nur so vor jungen Magiern und Magierinnen. Fleißig sitzen sie an unendlich langen Tischen, stecken ihre Köpfe in die Bücher und lernen so angestrengt, dass diese bereits rauchen. Die konzentrierte Stille im Raum wird nur ab und zu durch leises Gemurmel unterbrochen.

Trix schließt seufzend ihr Buch. „Ich kann nicht mehr, ich habe keine Lust mehr und ich habe Hunger.“

„Ich auch“, jammert Mina und hält sich demonstrativ ihren Bauch.

Lu lacht: „Ist ja gut, ich habe es verstanden. Lasst uns Schluss machen

für heute. Ihr wart ja auch wirklich fleißig." Sie streichelt Trix gespielt liebevoll über ihre widerspenstigen Haare.
„Heee!" Trix protestiert und springt auf. „Los jetzt, gehen wir was essen."
„Wartet kurz!", ruft Lu und winkt ihre beiden Freundinnen heran.
„Wir müssen uns noch aus der Anwesenheitsliste austragen." Sie läuft zu einer dicken Mappe, die neben der Eingangstür aufliegt. Während Lu ihre Hand über die Seiten hält, fängt die Mappe an, sich selbständig durchzublättern. Als sie stoppt, sucht Lu mit dem Finger ihren Namen in der alphabetischen Reihenfolge aller Schülernamen.und trägt die momentane Uhrzeit ein, um damit das Verlassen der Bibliothek festzulegen. Mina und Trix folgen ihrem Beispiel. Doch kurz bevor sie gehen, fällt Mina etwas auf.
„Moment mal. Was ist denn das für ein seltsamer Name?"
Die drei stecken ihre Köpfe dicht zusammen. So sehr sie sich auch bemühen, sie können den Namen nicht entziffern. Lu putzt sorgfältig ihre Brillengläser, doch die Schrift ist so unleserlich und stark geschwärzt, dass ihr die einzelnen Buchstaben verborgen bleiben. Trix zuckt mit den Schultern. „Komisch. Naja egal, kommt jetzt, ich hab immer noch Hunger."

Im Foyer des Schlosses angekommen entdecken sie eine Wand, die ihnen bisher noch nicht aufgefallen war. Geschmückt ist diese mit zahlreichen Bildern aktueller und ehemaliger Schülerinnen und Schülern der Schule, bunt gemischt in vielen, unterschiedlichen Rahmen. Mina lacht gerade über die teilweise lustigen, schrulligen Namen, als ihr ein seltsames Bild auffällt.
„Seht mal da." Sie zeigt auf ein Portrait, etwas weiter oben an der Wand.

Zu sehen sind zwar die Umrisse einer Gestalt, die Person an sich ist jedoch rabenschwarz. Man kann kaum etwas erkennen. Auch der Name unter dem Bild ist von einem schwarzen Balken verdeckt.
„Da war wohl jemand fotoscheu.", lacht Trix. Doch ganz geheuer ist sogar ihr dieses unheimliche Bild nicht.

Am nächsten Tag steht Elementekunde am Stundenplan.
„Bitte bedenkt, dass nur durch das Zusammenspiel der Elemente die Magie vollkommen ist." Essenzia, ihre Lehrerin, verbindet die Zeichen für Feuer, Erde, Wasser und Luft mit einem großen Kreis an der Tafel. „Jedes der Elemente spielt eine wesentliche Rolle und ist für euer Leben als Zauberer unabdinglich. Wir werden uns ab morgen mit den einzelnen Elementen beschäftigen. Beginnen werden wir mit dem Element Feuer, deshalb werdet ihr als Hausübung alles erforschen, was euch zu genau diesem Element in den Sinn kommt." Das Läuten des Pausengongs unterbricht sie in ihrer Ansprache und die Schüler packen ihre Schulsachen zusammen.
„Hui, na das wird ja ganz schön viel Arbeit", mault Trix.
Mina stimmt ihr zu. „Darauf habe ich eigentlich auch überhaupt keine Lust. Ich würde viel lieber an einem neuen Zaubertrank herumexperimentieren."
Missmutig verlassen die drei das Klassenzimmer und machen sich auf den Weg zu ihrem Zimmer.
Wie jedes Mal kommen sie dabei an dem Zimmer 33 vorbei.
Mina bleibt stehen. „Ich würde wirklich gerne wissen, was sich hinter dieser geheimnisvollen Tür verbirgt."
„Na, dann lass uns eben nachsehen." Trix geht auf die Tür zu.
Lu hält sie am Arm fest. „Bist du verrückt? Du weißt genau, dass das

verboten ist."

„Na und? Du willst doch auch wissen, warum jeder so ein großes Geheimnis darum macht oder? Was soll denn schon passieren?"

Sie schüttelt den Arm ab und greift nach der Türklinke. Lu hält sich die Augen zu, doch nichts passiert. „Abgeschlossen. So ein Mist!"

„Gott sei Dank." Lu stößt hörbar die angehaltene Luft aus. „Ich denke, das hat uns jetzt gezeigt, dass wir den Raum einfach so lassen sollen wie er ist. Nämlich verschlossen."

„Hah, denkst du! Jetzt ist meine Neugier erst recht geweckt. Kommt mit! Wir brauchen einen Plan." Energisch stapft Trix weiter in Richtung ihres Zimmers. Lu lässt den Kopf verzweifelt in ihre Hände sinken. Mina lacht und legt einen Arm um ihre Freundin.

„Du kennst doch Trix, wenn sie sich etwas in den Kopf gesetzt hat... Da haben wir jetzt keine Chance."

Elf

Wie ein Tiger läuft Trix Runde für Runde in ihrem Zimmer herum. Die beiden anderen beobachten sie leicht belustigt.

„Wie willst du da hineinkommen? Die Tür ist verschlossen."

Trix bleibt stehen und blickt Lu genervt an.

„Ach was Frau Schlaumeier, das habe ich auch schon festgestellt. Schon mal etwas von einem Schlüssel gehört?"

Lu steht auf und verschränkt die Hände. „Selber Schlaumeier! Und wo willst du den herbekommen? Ich hab jedenfalls keine Fußmatte gesehen, unter der einer versteckt sein könnte."

Trix ballt ihre Hände zu Fäusten.

„Wenn ihr nicht nur herumsitzen, sondern endlich einmal Vorschläge bringen würdet, wären wir auch bestimmt schon weiter mit unserem Plan."

„Unserem Plan? Ja genau." Lu lacht. „Ich darf dich daran erinnern, dass das ganz genau dein Plan ist."

Mina stellt sich zwischen die beiden und hebt beschwichtigend die Hände. „Also streiten bringt uns jetzt bestimmt nicht weiter."

Lu verdreht die Augen. „Also schön. Wie wäre es denn damit: Wir nutzen unsere magischen Fähigkeiten. Deshalb sind wir ja schließlich hier."

Plötzlich huscht ein Strahlen über Trix´ bisher so grimmiges Gesicht.

„Schlaumeier, du bist ein Wahnsinn!"

Sie läuft aufgeregt durch das Zimmer.

„Ich hab´s, ich hab´s, ich hab´s!" Sie packt Lu an den Schultern. „Wir brauchen deinen Kopf, also ich meine, deine Gedankenlesefähigkeit. Damit können wir herausfinden wo sich der Schlüssel für die Tür be-

findet."
Lu nickt. „Alles klar und wessen Gedanken soll ich lesen?"
Mina grinst. „Also das ist ja wohl klar, oder?"

„Ihr wisst doch genau, dass diese Kammer verschlossen bleibt und niemandem der Zutritt gewährt wird."
Oberzaubermeister Bofrat sieht seine drei Schülerinnen fragend und ein bisschen gereizt an. Als Antwort bekommt er nur ein stummes Nicken.
„Na also und warum fragt ihr mich dann, wo ihr einen Schlüssel herbekommen könnt?"
Trix antwortet mit zuckersüß aufgesetztem Lächeln: „Naja, wir dachten, vielleicht machen Sie für uns ja eine Ausnahme?"
Bofrat runzelt die Stirn. „Wieso wollt ihr denn da unbedingt hinein?"
Die Mädchen sehen sich an.
„Na? Keine Antwort? Na dann kann es ja nicht so wichtig sein. Auf jeden Fall bekommt ihr von mir keinen Schlüssel. Und nun geht wieder zurück in euer Zimmer, ihr habt bestimmt genug für den Unterricht vorzubereiten."
Die Mädchen machen auf dem Absatz kehrt und verlassen das Zimmer des Schuldirektors.
„Also das wäre ja jetzt wirklich etwas zu einfach gewesen." Mina kaut auf ihrer Lippe herum.
„Naja, wir haben ja immer noch Plan B, oder?" Trix sieht ihre Freundin Lu erwartungsvoll an.
Diese grinst: „Und Plan B war erfolgreich!"
Einige Meter vor der Tür des Pförtners bleiben die Mädchen stehen und schleichen sich, tief gebückt und so leise wie möglich, an den Ein-

gang.
„Eigentlich war es ja logisch, dass der Pförtner alle Schlüssel des Schlosses hat", bemerkt Trix.
Lu verdreht die Augen „Ist doch jetzt egal. Oberzaubermeister Bofrat hat in seinen Gedanken genau den Platz im Schrank beschrieben. Dann müssen wir wenigsten nicht mehr danach suchen."
Mina huscht behutsam unter das Fenster, durch das die Schüler mit dem Pförtner sprechen können. Sie streckt ihren Kopf vorsichtig nach oben und späht in das Zimmer.
„Mist", flüstert sie. „Er schläft und die Tür ist von innen mit einem Riegel verschlossen."
„Warum schläft der Typ eigentlich?", bemerkt Trix.
„Keine Ahnung, vielleicht ist er müde?" Mina grinst.
Trix verzieht ihr Gesicht zu einer Grimasse. „Na und jetzt?"
„Siehst du den Schlüssel, Mina?", fragt Lu.
„Ja, er hängt, genau wie Bofrat es dir beschrieben hat, am obersten Regal. Aber auch wenn ich mich da jetzt hineinteleportiere, ich komme nie so weit hoch!"
Trix schnippst wild mit den Fingern. Sofort erntet sie ein doppeltes \`Psssst\` von den anderen beiden Mädchen.
„Ja doch! Ich hab aber eine Idee", flüstert sie aufgeregt. „Wenn ich vom Fenster aus den Schlüssel sehen kann, dann kann ich ihn auch bewegen. Mina, du musst dich nur genau darunter stellen und ihn auffangen. Ich habe die Kraft jetzt noch nicht komplett unter Kontrolle."
Lu schüttelt den Kopf. „Das geht doch niemals gut. Was ist wenn der Schlüssel genau auf den Kopf des Pförtners fällt?"
Trix entkommt ein leises Kichern und wird dafür sofort wieder mit einem energischen \`Pssst\` bestraft. Sie schlägt sich die Hand vor den

Mund und atmet tief durch, um nicht laut loszuprusten.
Mina lockert ihre Schultern und neigt den Kopf von links nach rechts, wie ein Boxer vor einem wichtigen Wettkampf.
„Ich war in der Baseball Schulmannschaft. Ich kann fangen."
Lu seufzt. „Na dann, kann ja eigentlich überhaupt nichts mehr schief gehen."
„Genau, also los!" Trix nickt Mina auffordernd zu.
Diese schließt die Augen und ist keine Sekunde später verschwunden. Ihre beiden Freundinnen schleichen sofort unter das Fenster um zu beobachten, wie Mina direkt unterhalb des Regals wieder auftaucht. Nicht einmal zehn Zentimeter neben ihr schläft der Pförtner seelenruhig in seinem Schreibtischstuhl. Mit dem Kopf im Nacken und offenem Mund schnarcht er friedlich vor sich hin.
Mina streckt einen Daumen in Richtung Fenster und stellt sich dann in Position.
Trix lacht leise: „Sie sieht aus, als müsste sie eine ganze Kiste von Schlüsseln fangen."
„Los, du bist dran! Wir haben nicht so viel Zeit", murmelt Lu ihr zu.
Trix kneift die Augen zu einem engen Schlitz zusammen und hebt ihre rechte Hand.
„Sei vorsichtig! Wir brauchen genau den einen, richtigen Schlüssel und nicht das ganze Brett", flüstert Lu.
„Ich weiß, stör mich nicht, sonst haben wir gleich einen riesigen Krach da drinnen."
Trix öffnet und schließt ihre Finger ein paar Mal schnell und zielt dann auf das Regalbrett. Sofort bewegt sich ein kleiner, unscheinbarer Schlüssel vom Haken und gleitet wie eine Schneeflocke direkt in Minas Hände. Diese verzieht keine Miene, schließt fest die Finger um den

Schlüssel und ist gleich danach verschwunden.
Bei ihren Freundinnen vor der Tür angekommen, hält sie den Schlüssel triumphierend in die Höhe und alle drei springen lautlos, aber mit Begeisterung im Kreis.

Zwölf

Vorsichtig dreht Trix den Schlüssel im Schloss der alten Tür. Es klemmt etwas, doch mit einem kurzen Klacken entriegelt er es. Trix wirft ihren Freundinnen einen entschlossenen Blick zu. Die beiden nicken und sie drückt daraufhin langsam die Klinke hinunter. Als ein lautes Knarren ertönt, zucken die drei Mädchen erschrocken zusammen und sehen sich rasch um. Doch der Gang bleibt dunkel und ruhig. Niemand scheint etwas von ihrem nächtlichen Vorhaben mitbekommen zu haben.

Für die ungeduldige Trix war das Warten auf die Nacht eine ihrer härtesten Prüfungen der letzten Zeit. Doch sogar sie hatte eingesehen, dass es absolut unklug wäre, ihren Erfolg aufs Spiel zu setzen und bei Tag neben vielen Zauberschülern und Lehrkräften die verschlossene Kammer öffnen zu wollen.

„Vorsichtig!“, ermahnt Lu zischend Trix, welche die Tür langsam noch ein ganzes Stück weiter aufzieht. Der Schein von Minas Taschenlampe erhellt einen Teil des Raumes. Behutsam schlüpfen die drei Mädchen hinein und schließen vorsorglich die Tür hinter sich.

„Ich sehe genau gar Nichts“, murmelt Trix und geht zum Lichtschalter. Wenige Sekunden später wird der komplette Raum in ein düsteres, weißes Licht getaucht. Die Fenster sind mit schweren, violetten Vorhängen zugehängt und über das gesamte Mobiliar zieht sich eine dicke, graue Staubschicht.

Die Mädchen lassen ihren Blick über Bett, Schrank und Schreibtisch wandern. Etwas enttäuscht stellt Mina fest: „Das ist ja nur ein stinknormales Zimmer. Warum wird darum so ein Geheimnis gemacht?“

Lu zuckt ratlos mit den Schultern.

Da entfährt Trix ein kleiner Freudenschrei. Ihre Freundinnen blicken sie verwundert an. „Was hast du denn entdeckt?"
Trix zieht einen verstaubten, aber ansonsten ziemlich intakten Besen hinter dem Bett hervor.
„Ein Besen?", wundert sich Mina.
Trix verdreht die Augen.
„Das ist nicht nur ein Besen. Es ist DER Besen! Der `Multiplo 6000`, der absolute Ferrari unter den Zauberbesen. Er kann nicht nur schneller fliegen als jegliches andere Modell, er reagiert auch auf die kleinsten Signale seines Besitzers. Du musst dich nur räuspern und er weiß was du von ihm willst. Die kleinste Gewichtsverlagerung und schon fliegt er in die gewünschte Richtung. Mit ihm ist Besenfliegen ein Kinderspiel. Das ist mein absoluter Traum, einmal einen `Multiplo 6000` zu besitzen." Sie sieht den Besen ehrfürchtig an. „Wem er wohl gehört?"
„Wahrscheinlich der gleichen Person, die auch dieses Buch hier besessen hat."
Lu wischt vorsichtig den Staub vom Deckel eines sehr dicken und schweren Wälzers. Als sie die Seiten durchblättert, werden ihre Augen immer größer. „Das ist unglaublich!"
„Was?" Mina tritt an ihre Seite.
„Das ist einfach unglaublich."
„Ja was denn? Sag schon!" Trix wirft ebenfalls einen Blick in das Zauberbuch.
„Na diese Sprüche hier!" Lu fährt vorsichtig mit ihren Fingern über die goldenen, verschnörkelten Buchstaben und Zahlen. „Ich habe noch nie etwas so Außergewöhnliches gesehen. Zaubersprüche im Allgemeinen sind schon sehr komplex. Aber diese semantische Dichte, diese sprachliche Ökonomie und diese geschickte Anwendung und

Kombination unterschiedlicher Rhythmen und Versformen sind mir bisher noch nie in diesem Ausmaß untergekommen."
Trix und Mina sehen sich an und schütteln den Kopf.
„Heißt das, du findest sie gut?", fragt Trix ahnungslos.
Lu blickt sie entrüstet an. „Hast du mir gerade nicht zugehört? Gut? Diese Sprüche sind außergewöhnlich, unglaublich und das Beste, was ich je in meinem Leben gesehen habe."
„Natürlich, ist ja klar!" Trix nickt Mina gespielt beeindruckt zu und grinst.
„Wem auch immer diese Dinge gehören, sie können ihm oder ihr ja nicht besonders wichtig gewesen sein. Wie kann man diese Sachen hier so lieblos vergammeln lassen?" Mina durchsucht ungläubig den Rest des Zimmers. Als sie die Tür eines kleinen, verschnörkelten Kastens öffnet, kommt ihr eine gewaltige Staubwolke entgegen. Sie hustet und wedelt energisch den Staub vor ihren Augen weg. Als sie wieder etwas erkennen kann, bemerkt sie viele kleine Dosen und Einmachgläser vor ihr. Der ganze Kasten ist voller kleiner Behältnisse. Mina nimmt eine Dose von ihrem Platz und liest neugierig die Beschriftung darauf: „HERBSTBLÜH – MANDRAGORA AUTUMNALIS."
Mina juchzt erfreut auf. Sie stellt die Dose zurück und ihre Augen fliegen über die anderen Behälter voller seltener Kräuter, Wurzeln und Blüten. Mit einem Ruck dreht sie sich zu den beiden anderen um. „Dieser mysteriöse Zimmerbewohner hatte nicht nur einen fabelhaften Besen und das beste Zauberbuch aller Zeiten. Diese Kräutersammlung, sie ist, wie soll ich sagen, zu gut um wahr zu sein? Viele dieser Kräuter wachsen an Orten, die kaum jemandem bekannt sind. Sie sind so schwer zu bekommen, dass manche jahrelang vergeblich danach suchen. Ich frage mich, wie diese Person das nur geschafft hat?"

„Leute!" Lu wedelt mit einem dünnen Buch.
„Ich glaube wir könnten herausfinden, wem dieses Zimmer gehört hat."
„Ein altes Jahrbuch? Wo hast du das her?"
Mina nimmt ihr das Buch aus der Hand und blättert es rasch durch.
Trix deutet auf den Schreibtisch. „Aus der Lade dort! Vielleicht finden wir Notizen oder so?" Zu dritt stecken sie ihre Köpfe in die vielen bunten Seiten. Plötzlich stoppt Lu mit ihrem Zeigefinger Mina beim Umblättern. Ihr Finger zeigt auf ein Mädchen, das auf einem der vielen einzelnen Schülerfotos zu sehen ist.
„Was ist mit ihr?" Trix blickt Lu an.
„Dieses Foto ist neu. Alle anderen Bilder habe ich in der Schule schon gesehen. An der Fotowand, erinnert ihr euch?"
Mina überlegt. „Ja schon, aber dort hängen bestimmt über 500 Bilder. Wie kannst du dir so sicher sein, dass dieses Foto nicht dort ist?"
Lu lächelt ihre Freundin gelassen an.
„Ach, ich ziehe die Frage zurück. Du bist dir sicher, alles klar!"
Mina liest den Namen der unter dem Foto steht. „Marie Luise Müller. Nie gehört."
Lu schnipst mit den Fingern. „Eben. Ich auch nicht und ich vergesse nie einen Namen, niemals!"
Trix schmunzelt. „Naja wie denn auch, du vergisst ja überhaupt nie irgendetwas. Aber was soll uns das denn jetzt sagen?"
Lu runzelt die Stirn. „Ich bin mir sicher, dieses Mädchen ist die Person auf dem schwarzen Foto. Und ihr Name ist der Unleserliche in der Bibliotheksliste."
Trix atmet hörbar ein. „Du hast Recht, das könnte damit zusammenhängen, dass wir ihren Raum auch nicht betreten durften."

„Die Frage ist nur, warum um dieses Mädchen ein so großes Geheimnis gemacht wird." Mina blickt ihre Freundinnen an. „Wer war Marie Luise Müller?"

Tja. Die Mädchen haben also den verbotenen Raum geöffnet und damit den Stein ins Rollen gebracht. Sie konnten ja auch nicht wissen, welche Auswirkungen ihr Handeln noch haben wird...

Teil Zwei

Gedankenverloren blättert Lu das Jahrbuch zum x-ten Mal durch. Mina und Trix sehen sich stumm an. „Ich glaub es bringt wirklich nichts, hier noch länger herumzusitzen.", bricht Trix schließlich das minutenlange Schweigen. „Wie sollen wir hier herausfinden wer Marie-Luise Müller ist, oder war, oder was auch immer?" Sie steht auf. „Wir müssen die Infos irgendwo anders herbekommen."
Lu erhebt sich ebenfalls. Dabei rutscht ein kleiner Zettel aus dem Buch. Sie wirft einen kurzen Blick darauf, doch die Wörter ergeben auf den ersten Blick nicht wirklich einen Sinn. Achtlos steckt sie ihn zurück zwischen die Buchseiten. „Du hast Recht. Ich würde sagen, wir fragen ein paar ältere Lehrkräfte. Wenn Marie-Luise Müller, wie wir vermuten, hier Schülerin war, muss sie doch jemand kennen und unterrichtet haben oder nicht?"
„Das stimmt. Lasst uns anfangen." Mina schnappt sich Zettel und Stift und marschiert entschlossen aus dem Zimmer.

„Ach? Sie unterrichten hier seit 60 Jahren und können sich an jede Schülerin und jeden Schüler erinnern. Doch der Name Marie-Luise Müller sagt ihnen nichts?"
Trix klingt gereizt als sie der kleinen, älteren Dame antwortet.
Diese verzieht das beleidigt Gesicht, dreht den Mädchen ohne ein weiteres Wort zu sagen den Rücken zu und läuft eilig davon.
Mina sieht Trix vorwurfsvoll an. „Na toll. Musstest du sie so verärgern? So finden wir nie etwas heraus."
Trix schnaubt. „Als hätten wir der grimmigen Hexe jemals etwas entlocken können." Sie stampft wütend auf. „Mich nervt einfach, dass

hier niemand mit uns reden will. Was ist denn daran so schwer?"
Lu wedelt mit der Hand, um Trix zum Schweigen zu bringen. „Da vorne kommt Miraculina. Ich denke, sie können wir auf jeden Fall ausquetschen." Sofort geht sie auf die Zaubertrank-Lehrerin zu und stellt sich ihr in den Weg. „Ich habe eine Frage."
Miraculina bleibt stehen und legt Lu lächelnd eine Hand auf die Schulter. „Natürlich Liebes, was gibt es?"
„Wer ist Marie-Luise Müller?"
Miraculina erstarrt und zieht erschrocken ihre Hand zurück. Ihre Stimme zittert als sie antwortet. „Wieso willst du das wissen, Kind?"
„Wieso beantworten Sie unsere Frage nicht?" Trix` Blick ist bohrend.
Miraculina schüttelt heftig den Kopf. „Ich .... ich ... kann dir dazu nichts sagen."
„Na, das war klar!" Trix verdreht die Augen und ballt die Hände zu Fäusten.
Miraculina sieht entschuldigend von einer Schülerin zur anderen. „So gerne ich euch helfen würde, ich kann nicht. Bitte hört auf zu fragen. Es ist besser für euch." Sie lächelt die Mädchen noch einmal mitleidig an und macht sich dann auf den Weg.
Mina wendet sich an ihre Freundin Lu. „Was hat sie gedacht? Konntest du ihre Gedanken lesen?"
Lu schüttelt seufzend den Kopf. „Miraculinas Kopf ist so vollgestopft mit Rezepten, Ideen und Fantasien. Absolut unmöglich in der kurzen Zeit etwas gezielt herauszuhören. Tut mir leid."
„Und jetzt?" Mina sieht Lu hoffnungsvoll an. Wenn eine noch weiter wusste, dann ihre kluge Freundin. Doch sogar die lässt die Schultern hängen. „Ich habe keine Ahnung. Wir haben jeden gefragt, der hier in der Schule beschäftigt ist."

„Wisst ihr, was das Problem an der Sache ist?“ Trix rauft sich ihre Haare. „Je mehr Leute uns davon abraten, nach ihr zu forschen, desto neugieriger werde ich. Ich muss endlich wissen, was mit dieser komischen Marie-Luise passiert ist!“

In diesem Moment hören sie Schritte am leeren Gang. Als sie sich umdrehen, kommt ein kleiner Elf auf sie zu.

„Oberzaubermeister Bofrat schickt mich. Ihr sollt sofort in sein Büro kommen.“

Mina sieht das kleine Männchen ungläubig an. „Sagt wer?“

Der Elf wirft ihr einen genervte Blick zu. „Hallo? Erde an Mina, hast du mir nicht zugehört? Oberzaubermeister Bofrat sagt das. Und jetzt, zack zack! Er wartet bereits auf euch.“ Schon rauscht der Elf wieder davon.

Die Mädchen sehen ihm erstaunt nach.

„Was war das denn?“ Trix traut ihren Augen nicht.

„Das war ein Elf.“ Lu schluckt.

Trix verdreht die Augen und geht los. „Danke für die Info, Schlaumeier. Los, kommt!“

„Ich habe euch bereits verboten, diesen Raum zu betreten und jetzt verbiete ich euch, auch nur ein einziges weiteres Wort über diese Person zu verlieren. Habe ich mich klar genug ausgedrückt?"

Die Mädchen nicken. Ihr Blick ist gesenkt und sie wagen es kaum den Schulleiter anzusehen. Er ist wirklich wütend. Energisch zieht er seine Runden durch den Raum.

„Wieso könnt ihr die Sache nicht einfach ruhen lassen? Müsst ihr eure Nasen immer in Dinge stecken, die euch nichts angehen?"

Trix öffnet den Mund, um etwas zu sagen, doch Lu stößt sie sofort warnend in die Seite und sie schließt ihn wieder.

„Marie-Luise war eine Schülerin dieser Schule", fährt Bofrat fort. „Damit hat sich euer Rätsel doch gelöst, oder?"

„Naja, so weit waren wir auch schon", entfährt es Trix.

Sie wird sofort mit einem bösen Blick des Direktors bestraft.

Mina versucht einen vorsichtigen Vorstoß. „Aber wenn sie eine ganz normale Schülerin war, warum wird ihr Name und ihr Bild versteckt und warum ist ihr Zimmer verschlossen?"

Der Direktor fährt herum. „Woher wollt ihr wissen, dass die Kammer Marie-Luises Zimmer ist? Woher wisst ihr überhaupt von ihr?"

Lu sieht Mina strafend an und ergreift dann das Wort: „Es wurde darüber geredet, Oberzaubermeister Bofrat. Der Name ist bereits des Öfteren in der Schule gefallen. Und nachdem so ein Geheimnis darüber gemacht wird, haben wir die Kammer damit in Verbindung gebracht."

Bofrat beobachtet sie misstrauisch. Trix und Mina halten die Luft an.

„Ich verstehe. Dann lasst aber das Gerede nur Gerede sein und mischt euch da nicht mehr ein. Ich wünsche keinerlei Nachforschungen mehr

in dieser Sache, ist das klar?“
Wieder nicken die Mädchen, erleichtert, dass der Schulleiter die Lüge nicht bemerkt hatte. Womöglich konnte Lu bereits nicht mehr nur die Gedanken lesen sondern diese auch beeinflussen?
„Ihr könnt jetzt gehen.“ Bofrat weist zur Tür und die Mädchen folgen seiner Aufforderung so schnell sie können.

Kaum fällt die Tür hinter ihnen ins Schloss weicht die so energische und ernste Miene des Schulleiters einem weicheren und verzweifelten Gesichtsausdruck. Langsam schreitet er zu seinem Stuhl und lässt sich schwerfällig hineinfallen. In seine linke Hand stützt er missmutig sein Kinn und mit der rechten greift er zu der kleinen Glocke neben sich. Er nimmt sie von ihrem Platz im Regal und läutet kurz damit. Rasch öffnet sich die Tür wieder und der kleine Elf steckt seinen Kopf herein.
„Totoh“, murmelt Bofrat leise. „Es ist Zeit. Bitte beruf den Rat der Ältesten unverzüglich zu einer Konferenz in das Turmzimmer. Beeil dich, Totoh!“
Der Elf nickt und huscht so schnell er kann aus dem Raum.

Wenige Minuten später betritt Bofrat das kleine, gemütliche Turmzimmer. Rund um einen großen Tisch, der fast den gesamten Raum ausfüllt, haben sich die mächtigsten und weisesten Magier des Landes zusammengefunden. Als Bofrat sich räuspert, blicken ihn viele erstaunte und einige neugierige Augenpaare an.
„Was ist los? Warum hast du uns herberufen?“
„Ist irgendetwas passiert?“
Der Oberzaubermeister wird mit Fragen überhäuft.
Er tritt an das obere Ende des Tisches und stützt die Hände auf die

Tischplatte. Mit ernstem Blick streift er über die fragenden Gesichter und sofort herrscht Ruhe im Raum.

„Es ist in der Tat etwas passiert."

Er überlegt kurz, wie er ihnen die Vorkommnisse am Besten schildern könnte und streift sich dabei nachdenklich über seinen überaus langen Bart.

„Sie sind endlich erschienen – die magischen drei Lichter."

Es herrscht erschrockenes Schweigen. In dieser Stille könnte man eine Stecknadel fallen hören. Bofrat fährt fort: „Ihr wisst, was das bedeutet, oder? Es ist die Gelegenheit sie zu bekämpfen. Die drei Mädchen sind Schülerinnen unserer Schule, sie wissen nichts von ihrer Bestimmung und ich wünsche auch, dass das so bleibt." Beim letzten Teil des Satzes erhebt er energisch seine Stimme. Mit Nachdruck betont er die folgenden Sätze: „Es ist von absoluter Wichtigkeit, dass wir den Lichtern nichts über ihre Aufgabe und ihre Gabe erzählen. Sie müssen von selbst dahinter kommen. Verrät ihnen jemand auch nur einen klitzekleinen Hinweis, ist der Zauber verloren und wir können sie niemals bekämpfen."

Die Magier sehen sich an. Einige nicken, andere atmen tief ein und aus. Bofrat wendet sich vom Tisch ab und geht langsam durch den Raum.

„Es darf nicht zu früh passieren, sonst ist ihre Kraft noch nicht stark genug. Schlimm genug, dass sie ihre Kammer bereits entdeckt haben. Diese Neugier!" Er flucht leise vor sich hin. „Ich habe versucht sie davon abzubringen, doch ich bin mir sicher, dass sie das nicht aufhalten wird, nachzuforschen. Deshalb wende ich mich nun an euch, liebe Kollegen."

Er bleibt stehen und blickt jedem der Anwesenden eindringlich in die Augen.

„Diese drei Lichter sind der Schlüssel zu dem größten Geheimnis dieser Schule. Helft mir dieses Geheimnis so lange wie möglich zu bewahren. Sie müssen selbst ihren Weg finden und hinter die Lösung kommen. Niemand, absolut niemand darf ihnen dabei helfen. Habe ich mich klar genug ausgedrückt?"

Alle nicken. Bofrat wendet ihnen den Rücken zu und schreitet zur Tür. Sofort entsteht leises Gemurmel unter den Magiern. Bofrat öffnet die Tür, dreht sich aber noch einmal zu seinen Kollegen um. „Ich verlasse mich auf euch."

Mit diesen Worten tritt er durch den Bogen und schließt die Tür hinter sich.

Drei

Trix

Trix verdreht genervt die Augen. Die eine Hand hat sie wütend in ihre Hüfte gestemmt, die andere hält ihr Telefon ein Stück weg von ihrem Ohr. Sie blickt durch das Zimmer, als wäre sie sowieso nicht daran interessiert, was die Person am anderen Ende der Leitung zu ihr spricht. Schließlich legt sie den Hörer wieder ans Ohr und antwortet unwirsch: „Jaja Papa, du kannst dir deine Erklärungen sparen! Ist doch ohnehin nichts Neues für mich."
Ungeduldig tippt sie mit ihrem schwarzen Stiefel auf den Holzboden und kaut auf ihrer Unterlippe herum.
„Du brauchst dich nicht zu rechtfertigen, Papa. Vielleicht ein anderes Mal. Ich muss jetzt auflegen, Lu möchte auch noch telefonieren. Machs gut."
Mit dieser Ausrede würgt sie ihren Vater ab und schleudert, kaum aufgelegt, das Telefon in hohem Bogen auf ihr Bett. Mit geballten Fäusten lässt sie einen wütenden Schrei los und trampelt mit den Stiefeln so fest auf den Boden, dass die alten Dielen bedenklich knarren. In dem Moment betritt Mina das Zimmer. Als sie die wütende Trix wie Rumpelstilzchen im Zimmer herumspringen sieht, bleibt sie im Türrahmen stehen. Vorsichtig schließt sie die Tür hinter sich, wagt es jedoch noch nicht, einen Schritt auf ihre Freundin zuzugehen. Zögerlich hebt sie die Hand.
„Was??!!", bekommt sie sofort entgegen geschleudert.
Mina zuckt zusammen. „Schon gut, schon gut. Lass mich raten: Er kommt nicht?"

Trix hält inne und blickt Mina zornig an. „Haha, wirklich? Wie kommst du denn darauf?“
Mina hebt ihre Augenbrauen und antwortet: „Nach einem: `Ich bin bald hier und habe als Überraschung ein riesiges, pinkes Plüschpony für dich mit` sieht es jedenfalls nicht aus.“
Kaum hat sie den Satz ausgesprochen, beginnt Trix wieder herumzuschreien und im Kreis zu stampfen. Mina schüttelt den Kopf. Sie kennt ihre Freundin mittlerweile gut genug um zu wissen, dass sie jetzt am besten in Ruhe gelassen werden will.
Also macht Mina auf dem Absatz kehrt und verschwindet wieder aus der Tür.

Lu

Völlig in ihr Buch vertieft schlendert Lu langsam über den Schulgang. Als sie gerade um die Ecke ins Klassenzimmer biegen will, spürt sie plötzlich einen Widerstand. Sie versucht das Gleichgewicht nicht zu verlieren, was ihr jedoch nicht gelingt.
Alle ihre Bücher sausen in hohem Bogen durch die Luft und landen mit lautem Gepolter auf dem Boden. Außerdem ist ihr auch noch die Brille von der Nase gerutscht.
Auch das noch!
Blind wie ein Maulwurf sinkt Lu auf ihre Knie und tastet Stück für Stück den Boden auf der Suche nach ihren Gläsern ab. Plötzlich spürt sie eine starke Hand auf ihrem Arm, die sie sanft nach oben zieht. Sie blinzelt und langsam wird das Bild wieder scharf. Jemand hat ihr soeben die Brille zurück auf die Nase geschoben.
Sie erkennt die Umrisse eines großen, dunkelhaarigen Jungen. Er bü-

ckt sich gerade und ist dabei, ihre Bücher wieder einzusammeln. Lu mustert ihn erstaunt.
Als er sich aufrichtet und ihr den riesigen Stapel in die Arme drückt lächelt er entschuldigend.
„Tut mir echt leid. Ich habe nicht aufgepasst. Ich wollte dich nicht umstoßen."
„Ist ... ist ... schon ok. Kein ... kein Problem", stammelt Lu nervös.
Diese Augen.
Er grinst.
„Ist wirklich alles ok? Du wirkst ein bisschen, naja, durch den Wind?"
Lu lacht nervös und schüttelt etwas zu energisch den Kopf. „Alles super, wirklich! Ich habe ja jetzt meine Bücher wieder. Und meine Brille. Ich brauche sie nämlich. Meine Brille meine ich. Naja, meine Bücher eigentlich auch."
Lu beißt sich auf die Lippe und schließt die Augen. Was redet sie denn da? Nicht rot werden, bloß nicht rot werden! Als sie langsam die Augen wieder öffnet, sind diese strahlend blauen Augen und das schelmische Grinsen immer noch da. Er beobachtet sie und Lu lächelt.
„Ich bin Merlin", sagen die blauen Augen und Lu muss sich daran erinnern, dass es wohl besser wäre, dieses dümmliche Lächeln abzustellen und dafür wieder zu ihrer normalerweise so besonnenen, intelligenten Art zurückzufinden.
„Mein Name ist Lu, es freut mich sehr", erwidert sie deshalb und blickt ratlos auf den Stapel Bücher, der ihr keine Möglichkeit lässt ihm ihre Hand zu reichen.
Merlin lacht.
„Ich sehe schon, du hast alle Hände voll zu tun. Dann halte ich dich mal nicht länger auf. Wir sehen uns bald wieder."

Er grinst und hebt zum Abschied die Hand. Lu blickt ihm erstaunt nach. Wir sehen uns bald wieder? Sie seufzt und spürt nun doch eine leichte Röte ihre Wangen hinauf steigen. Das wäre auf jeden Fall sehr schön. Lu lächelt leise in sich hinein und betritt die Klasse.

Mina

„Und jetzt noch ein kleines Stückchen von der Birkenwurzel."
Konzentriert lässt Mina das Pulver in den großen Kessel rieseln. Der weiße Rauch erfüllt bereits den halben Raum und ihre Klassenkameraden stehen gebannt um den Zauberkessel. Sie beobachten ehrfürchtig, wie Mina Zutat um Zutat geschickt zu einem Zaubertrank vermengt. Plötzlich hält sie inne. „Jetzt hätte ich doch fast das Wichtigste vergessen."
Sie zwirbelt eines ihrer langen, braunen Haare um ihren Finger und zieht mit einem Ruck daran. Mit ihren zierlichen Fingern lässt sie das Haar sanft in das Gebräu gleiten und greift anschließend zum Holzstab um ihre Kreation umzurühren.
Gemächlich rührt sie zunächst drei Mal im und dann drei Mal gegen den Uhrzeigersinn. Zum Schluss klopft sie noch drei Mal auf den Boden des Kessels und ein lautes Zischen ertönt. Die Schüler weichen erschrocken zurück.
Doch Mina lächelt. Sie nimmt einen kleinen Becher, füllt ihn mit dem bläulichen Getränk und reicht ihn ihrer ersten Mitschülerin. Zögerlich nimmt diese einen kleinen Schluck und keine Sekunde später beginnt sich ihr Körper zu verändern. Sie wächst ein Stück, ihre Haare verändern die Farbe von Blond auf Braun und ihre Kleidung verändert sich ebenfalls.

Mina lächelt in sich hinein. Ihr Plan funktioniert. Sie reicht immer mehr Mitschülerinnen ihren Trank und ein paar Momente später ist der Raum voller ... Minas.

Jedes Mädchen hat exakt die gleiche Figur, das gleiche Gesicht und dasselbe blaue Kleid. Als ihre Lehrerin Miraculina den Raum betritt, bleibt sie erstaunt stehen. Sie blickt sich um.

„Unglaublich. Mina, wie hast du das nur geschafft? Verwandlungszauber wie dieser werden doch erst im 6. Semester durchgenommen? Mina? Welche bist du denn nun?"

Sie lacht auf und greift sich an den Kopf. Aus der Menge gleich aussehender Mädchen, tritt eine Mina hervor und flüstert der Lehrkraft etwas ins Ohr. Diese lächelt.

„Eindeutig, du bist das Original. Dieses Rezept ... Mina das ist außergewöhnlich. Es birgt viel weniger Risiken für den Körper als die Verwandlungszauber, die ich bisher praktizierte. Du kannst wirklich sehr stolz sein auf deine Leistungen. Von dir kann ja sogar ich noch etwas lernen."

Sie klopft ihrer Schülerin anerkennend auf die Schulter. Bei einem Blick auf ihre Klasse hält sie plötzlich inne.

„Eine Frage noch. Wie lange hält dieser Zauber denn nun an?"

Mit Schwung öffnet Mina die Tür zu ihrem Zimmer. „Vor euch steht die beste Zauberschülerin aller Zeiten."

Trix, immer noch wütend, sitzt mit verschränkten Armen auf ihrem Bett und verdreht die Augen. „Wer sagt das?"

Mina dreht sich im Kreis. „Miraculina. Und bald wird das jeder hier an dieser Schule sehen."

Lu steht auf und kommt ihr entgegen. „Was hast du denn gelernt?"

„Ich? Gelernt? Dass ich nicht lache." Mina rümpft die Nase. „Miraculina hat wohl eher etwas von mir gelernt. Wahrscheinlich wird sie mich bald bitten ihr bei der Vorbereitung ihres Unterrichtes zu helfen."
Sie lacht auf.
Lu runzelt die Stirn. „Übertreibst du nicht etwas?"
„Du warst ja nicht dabei, also hast du keine Ahnung. Ich bin das größte Talent, das sie je hatte. Das hat sie gesagt und das ist wohl auch so."
Lu zuckt mit den Schultern. „Wenn du meinst. Ich muss noch in die Bibliothek."
Nachdem Lu den Raum verlassen hat, beginnt Mina bereits wieder mit den Lobeshymnen an sich selbst.
„Vielleicht sollte ich dem Oberzaubermeister vorschlagen, die Presse zu informieren? Die Zauberwelt hat schließlich ein Recht darauf, informiert zu werden, wenn es neue, bahnbrechende, weltbewegende Zaubertrankkreationen gibt."
Trix schnappt sich ein Kissen und wirft es Mina an den Kopf. „Ist gut, geh ruhig zu deiner Presse. Dann können sie auch gleich einen Artikel über die hochnäsigste Zauberschülerin der Welt schreiben."
Doch Mina streicht sich nur die vom Kissen zerzausten Haare glatt und verschwindet ohne ein Wort zu sagen im Waschraum.

Lu

Neugierig blickt Lu sich bei jedem ihrer Schritte genauestens um. Merlin hatte doch gemeint sie würden sich bald wieder sehen? So groß ist das Schloss ja nun auch nicht. Jetzt sucht sie schon den ganzen Tag Vorwände um in der Schule unterwegs zu sein und er ist einfach nirgends zu finden. Enttäuscht will sie sich schon wieder auf den Weg zurück ins Zimmer machen, als sie im Gang plötzlich ein Lachen hört. Sofort setzt ihr Herzschlag aus.

Dieses Lachen.

Instinktiv drückt sie sich fest in eine Wandnische und versteckt sich im Schatten des Gewölbes. Sie hört Schritte, die näher kommen und ihr Herz klopft immer schneller. Fieberhaft versucht sie, sich einen Plan zurecht zu legen.

Sollte sie ihm einfach direkt vor die Füße springen?

Nein. Ein Zusammenstoß reicht für die nächste Zeit. Er soll ja nicht denken sie wäre tollpatschig. Vielleicht sollte sie schnell eine unsichtbare Schnur zaubern, damit er darüber stolpern und sie ihm aufhelfen könnte? Aber sie will ihn ja auch nicht verletzen.

Lus Gedanken rasen immer schneller und plötzlich wird ihr bewusst, dass er sie auch entdecken und es ziemlich peinlich aussehen könnte, wenn sie hier in die Nische gedrückt steht. Lautlos verzieht sie ihr Gesicht als hätte sie in eine Zitrone gebissen und drückt ihre Hände an ihre Schläfen.

Aber nun war es zu spät. Die Schritte nähern sich immer schneller und Lu drückt sich immer fester in den Schatten der Wand.

Doch ihre Bemühungen sind gar nicht nötig. Merlin beachtet die Wandnische mit keinem Blick, als er vorbeigeht.

Lu´s Herz rutscht mit einem Satz in ihren Magen.

Es war klar, dass er sie nicht bemerken konnte. Er hatte nur Augen für das hübsche, blonde Mädchen neben ihm. Sein Lächeln galt ihr. Seine Aufmerksamkeit schenkte er ihr.

Nathalie.

So nennt er sie.

Nathalie.

Das ist natürlich ein viel schönerer Name als Ludmilla.
Lu rutscht langsam an der Wand hinunter, bis sie am Boden zum Sitzen kommt. Ihr Blick ist leer. Wie konnte sie nur so dumm sein, zu glauben, sie hätte eine Chance?

Als es ihr schließlich zu kalt wird auf dem harten Steinboden, rappelt Lu sich auf und macht sich missmutig auf den Weg in ihr Zimmer. Auf dem Weg laufen ihr ein paar Mädchen über den Weg. Lu mustert sie nachdenklich. Wieso hat sie keine so schönen, blauen Augen? Ihre waren mausgrau. Oder braun wie das Gefieder einer Eule. Da ist sich Lu nicht so sicher. Ein bisschen grün schimmerten sie zwar ab und zu. Aber alles in allem waren sie unauffällig und langweilig. Warum sahen ihre Haare nicht so aus wie aus der Shampoowerbung? Und dann diese Brille. Keines dieser wunderschönen Mädchen trägt eine Brille. Lu wird immer eifersüchtiger und streift die unschuldigen Mädchen mit einem genervten Blick.

Als sie die Tür zu ihrem Zimmer aufstößt, verlässt Mina gerade das Bad und kämmt sich ihre lange, wallende Mähne. Da platzt Lu der Kragen. „Musst du immer so angeben? Siehst du nicht, dass du andere damit nervst?“
Mina sieht sie erstaunt an. „Was mach ich denn?“
„Was mach ich denn? Was mach ich denn?“, äfft Lu sie nach. „Tu doch nicht so scheinheilig.“
„Also ich weiß ja nicht was du für ein Problem hast, aber du brauchst es echt nicht an mir auszulassen.“ Mina verdreht die Augen und will wieder zurück ins Badezimmer gehen.
„Na, sie hat doch Recht.“ Trix springt vom Bett auf. „Die ganze Zeit

glaubst du schon, du wärst die Königin der Welt."

Mina dreht sich mit einem Ruck herum. „Nur weil dein Vater keine Lust hat dich zu besuchen, brauchst du deinen Frust echt nicht auch noch an mir auslassen."

Trix schnaubt entsetzt auf. „Das nimmst du zurück."

„Warum sollte ich? Ist doch die Wahrheit." Mina hebt herausfordernd ihre linke Augenbraue.

Lu funkelt Mina böse an. „Du glaubst auch echt, du hast immer Recht oder?"

„Was ist eigentlich dein Problem?"

„Du bist mein Problem! Nein falsch, ihr beide seid mein Problem. Nur weil ihr gut ausseht, glaubt ihr, ihr könnt euch alles erlauben."

„Ich glaube es hakt. Was habe ich denn jetzt gemacht?" Trix fährt Lu wütend an.

„Schrei mich nicht an!"

„Ich schreie, wann ich will!" Trix baut sich kampfeslustig vor der um einen Kopf größeren Lu auf.

„Ach, ihr könnt mich mal!" Lu macht auf der Stelle kehrt, verlässt das Zimmer und schlägt lautstark die Tür hinter sich zu.

„Das geht auch leiser!", schreit Trix ihr nach.

„Das sagt die Richtige", murmelt Mina und verschwindet im Bad.

„Ach wer hat dich denn gefragt?" Trix schnappt sich wütend ihren Besen und verlässt ebenfalls das Zimmer.

Ach herrje. Gerade waren unsere Mädchen doch noch ein Herz und eine Seele? Es scheint, als würden sie langsam die Facetten ihrer Persönlichkeit entdecken. Drei so besondere Charaktere, jedes Mädchen unterschiedlicher als das andere, da ist es eigentlich nicht verwunderlich, dass es ein-

mal zu Streitigkeiten kommt. Vor allem, wenn die dunklen Seiten aus ihnen hervorkommen. Das Dunkel wandert langsam aber stetig durch ihren Körper und nimmt Stück für Stück von ihren Gedanken und Gefühlen Besitz.

Was unsere Mädchen in ihrem Zorn nicht bemerkt haben, ist der schwarze Schatten, der in der Ecke des Zimmers langsam aber stetig an der Wand hinaufgekrochen ist. Je länger und lauter sie stritten, desto größer wurde er. Wie rasend schnell wachsende Äste eines Baumes, breitete er sich über der Wand aus und er sprießt unaufhörlich weiter.

Trix

Den Blick starr vor sich gerichtet geht, nein eigentlich läuft Trix über den Schulgang. Mit der rechten Hand holt sie aus und hält diese zielgerichtet auf einen Eimer und einen Wischmopp, die unschuldig an die Mauer gelehnt stehen. Sekunden später fliegen beide Putzutensilien in hohem Bogen durch die Luft. Zum Glück ist der Gang bis auf Trix menschenleer. Alle Schüler sind bei dem schönen Wetter im Schulpark, beim See oder anderswo unterwegs.
Trix ballt ihre Hände zu Fäusten und die Gemälde an den Wänden wackeln bedrohlich. Erstaunt über das Ausmaß ihrer Kraft bleibt Trix stehen und betrachtet ihre Fäuste. Sie beißt sich auf die Lippen und atmet tief ein und aus. Um die Tränen der Wut zurückzuhalten, blickt sie nach oben zur Decke und beginnt die verschnörkelten Linien darauf mit dem Blick zu verfolgen.
Langsam merkt sie wie sich ihr Puls beruhigt und sie öffnet zaghaft ihre Hände. Trix schaut auf ihre Finger und schüttelt sie, um alle Anspannung zu verlieren.
Doch im selben Moment übermannt sie die Erinnerung an ihren Vater, an die hochnäsige Mina und die ach so kluge Lu, die sich überall einmischen muss und sie kneift wütend die Augen zusammen. Blind vor Wut reißt sie die Arme nach oben und mit einem lauten Knall fallen die Bilder im Gang rund um sie auf den Boden. Das Glas klirrt ohrenbetäubend, als es auf den Steinboden kracht und in tausend Stücke zerspringt.
Doch Trix bekommt davon nichts mit.
Sie läuft weiter.
Immer weiter.

Ihr Blick ist gerade nach vorne gerichtet und ihre Lippen sind zu einem schmalen Strich zusammengekniffen. Schließlich stößt sie eine Tür auf.
Krachend schlägt diese an die Wand und vor Trix liegt der riesige Speisesaal. Menschenleer. Ruhig und friedlich. Das bringt Trix' Wut jedoch nur noch mehr zum Kochen.
Mit einem lauten Schrei läuft sie in den Saal, nimmt Anlauf und springt auf eine der langen Essenstafeln. Sie hebt ihre Arme und dreht sich schnell im Kreis. Immer schneller und schneller. Plötzlich öffnen sich die Glastüren der Schränke die an den Wänden des Raumes stehen. Mit unglaublicher Geschwindigkeit fliegen Teller und Schüsseln heraus. Als hätten sie Flügel, sausen sie hoch in die Luft und rasen quer durch den Raum. Aus weiteren Kästen kommen ihnen Gläser und Tassen nach. Mit der nächsten Handbewegung öffnet Trix mehrere Schubladen und schon fliegen auch Gabeln, Löffel und Messer in hohem Bogen durch den Saal. Bis hoch zur Decke veranstalten Geschirr und Besteck ein wildes Durcheinander in der Luft. Je schneller Trix sich dreht, desto wilder fliegen die Gegenstände herum.
Plötzlich wird dem Mädchen schwarz vor Augen. Sie verliert das Gleichgewicht und fällt auf ihre Knie. In dem Moment, wo Trix ihre Arme sinken lässt, verlieren sämtliche fliegende Gegenstände ihre Magie und fallen krachend zu Boden. Mitten in dem riesigen Scherbenmeer kauert Trix auf dem Tisch und sinkt kraftlos in sich zusammen. Schließlich verliert sie das Bewusstsein.

Lu

Langsam spaziert Lu durch den Schulpark und am großen See vor-

bei. Die warmen Sonnenstrahlen haben ihr ungewohnt hitziges Gemüt wieder etwas beruhigt. Das ist normalerweise gar nicht ihre Art.
So laut zu werden.
Lu wundert sich über sich selbst und schlendert kopfschüttelnd weiter. Plötzlich hält sie inne. Sie ist an der Wiese mit den Mammutbäumen angekommen. Hier treffen sich bei schönem Wetter immer die jungen Magier, um für Prüfungen zu lernen. Lu blickt sich um. Auch heute ist wieder reger Betrieb auf der Wiese, vor allem im kühlen Schatten der Bäume. Doch irgendetwas stört sie heute.
Sie runzelt die Stirn. Dort, an den Baum gelehnt, sitzt ein Junge, mit dem Rücken an seine Brust gelehnt ein Mädchen, das ein Buch in der Hand hält. Sanft streicht er ihr übers Haar und sie lächelt. Eigentlich ein schönes Bild, doch Lu wendet sofort den Blick ab.
Dies nützt ihr jedoch nicht viel, denn auch am nächsten Baum lehnt ein junges Pärchen, das sich verliebt in die Augen sieht. Lu schüttelt den Kopf und geht weiter. Sie versucht vor dem schönen, aber für sie schmerzhaften Anblick zu flüchten. Doch es gelingt ihr nicht. Bereits nach ein paar Schritten kommt ihr das nächste Paar entgegen. Hand in Hand schlendern die beiden über den Weg und strahlen mit der Sonne um die Wette.
„Was hat sie, was ich nicht habe?“, schießt es Lu sofort durch den Kopf. Sie schüttelt sich, um den Gedanken zu verdrängen, doch es fällt ihr schwer. Wo sie auch hinsieht gibt es kein Entkommen. Plötzlich besteht der gesamte Schulpark für sie nur noch aus glücklich verliebten Pärchen. Eines strahlender als das andere.
Lu hört sie klar und deutlich.
„Ich könnte die ganze Welt umarmen!“
„Mein Bauch kribbelt vor lauter Schmetterlingen.“

„Oh, es ist so schön! Ich habe das Gefühl ich könnte fliegen."
Wie große, schwere Hämmer wüten die Gedanken in Lus Kopf. Gnadenlos schlagen sie zu. Zerstören jegliche Gelassenheit und Zufriedenheit die Lu noch geblieben war. Sie hämmern und hämmern und Lus Kopf droht zu zerspringen. Die Gedanken werden immer lauter und lauter und Lu versucht vor ihnen davon zu laufen. Sie läuft so schnell sie kann, doch es ändert nichts. Plötzlich bleibt sie stehen. Um ein Haar wäre sie gegen einen der mächtigen Mammutbäume gelaufen. Sie ertastet behutsam die kühle, beruhigende Rinde, lehnt ihren Kopf dagegen und beginnt bitterlich zu weinen.

Mina

Mina lächelt. Sie fühlt sich als könnte sie schweben. Das Lob ihrer Lehrerin nimmt ihre gesamten Gedanken ein.
„Du bist außergewöhnlich. Von dir kann sogar ich noch etwas lernen."
Wieder und wieder spult sie die Worte ihrer Lehrerin im Kopf ab. Mit Schwung wirft Mina ihr langes Haar hinter ihre Schulter.
„Hey Mina, warte kurz." Eine Mitschülerin kommt ihr am Gang entgegen. „Hast du kurz Zeit?"
Mina bleibt stehen und lächelt gutmütig. „Natürlich, wobei kann ich dir helfen? Soll ich dir etwas zeigen? Es ist überhaupt kein Problem, wenn du mich um Rat fragst. Es ist sogar ausgesprochen klug, dass du dich an mich wendest."
Die Mitschülerin blickt sie verdutzt an. „Äh ja also ich ..."
„Geht es um Zaubertränke?", fällt Mina ihr ins Wort und beantwortet ihre Frage im gleichen Atemzug selbst. „Wahrscheinlich schon, aber im Grunde ist es egal, um welches Gebiet der Zauberei es sich handelt

- schließlich bin ich ja ein Ausnahmetalent!“
Das andere Mädchen blickt sie verwundert an und schüttelt den Kopf. „Eigentlich wollte ich dich nur fragen, wie spät es ist?“
Mina schüttelt verärgert den Kopf. „Das soll wohl ein Witz sein. Glaubst du echt ich habe nichts Besseres zu tun?“
Als Antwort bekommt sie nur ein irritiertes Stirnrunzeln.
Mina lässt das Mädchen einfach stehen und geht weiter. „Die ist ja lustig. Meint wohl, ich verschwende meine Zeit für so anspruchslose Gespräche. Dafür ist mir jede meiner kostbaren Minuten zu schade. Ich sollte meine überaus großartige Gabe nutzen und Sinnvolleres tun. Am besten frage ich den Oberzaubermeister, wo er Hilfe brauchen kann. Eigentlich könnte ich meine Kräfte auch der Forschung zur Verfügung stellen.“
Mina seufzt laut. Plötzlich hält sie inne. Sie schnipst mit der rechten Hand in der Luft.
„Ich habs! Ich muss mich selbst multiplizieren!“
Begeistert von ihrer vermeintlich fabelhaften Idee hüpft Mina in die Luft und klatscht in die Hände. „Was kann der Welt Besseres passieren? So kann meine Großartigkeit auf mehrere Orte verteilt werden und viele Menschen können von meiner außerordentlichen Begabung profitieren. Ich muss sofort damit anfangen.“

Lu

Die Stelle des Baumstammes, an der Lus Gesicht lehnt, ist schon ganz nass und auf ihrer Stirn zeichnet sich ein Abdruck der Rinde ab. Lu nimmt ihre Brille ab, wischt langsam die Tränen weg und dreht sich um. Nachdem sie ihre Brille wieder zurück auf die Nase gesetzt hat, fällt ihr Blick wieder auf die anderen Menschen im Park und sie beißt die Zähne fest zusammen. Mit geballten Fäusten lässt sie sich den Stamm hinuntergleiten und bleibt im Schatten des Baumes sitzen. Mit eifersüchtigem Blick fixiert sie die Pärchen und jede ihrer Bewegungen. Ihre Augen werden dunkel und eisig kalt. Wieder sammeln sich Tränen des Neids und der Enttäuschung in ihrem Augenwinkel. Sie blinzelt schnell, um sie wegzudrücken. Doch es gelingt ihr nicht ganz. Eine einzelne Träne bahnt sich ihren Weg über die Wange in Richtung ihres Kinns.

Da spürt sie plötzlich einen Windhauch. Wie von Zauberhand wird die Träne weggewischt. Lu beachtet es nicht weiter. Sie ist viel zu beschäftigt damit, die glücklichen Jungen und Mädchen zu fixieren. Da erwischt sie erneut ein Windhauch. Dieses Mal blickt sie sich um, wendet ihren Blick ab und versucht die Ursache für den plötzlichen Luftzug auszumachen. Lu nimmt ihre Brille ab und putzt ihre Gläser an ihrer Bluse. Als sie sie wieder aufsetzt traut sie ihren Augen kaum.

Neben ihr sitzt eine Eule.

Sie beachtet Lu kaum und blickt mit ihren riesigen Augen in den Park. Lu rutscht vorsichtig ein kleines Stück weg von ihr. Dieses Tier war ihr irgendwie nicht so ganz geheuer. Mit dem was anschließend passiert, hat Lu allerdings nicht gerechnet.

Die Eule macht ein paar kleine Schritte auf sie zu, den Blick immer noch von ihr abgewandt. Lu runzelt die Stirn und rutscht noch etwas weiter weg. Doch das Tier folgt ihr wiederum. Lu blickt sie erstaunt an. Die Eule macht keine Anstalten sie ebenfalls zu beobachten.

„Sowas“, murmelt Lu erstaunt.

„Hava“, antwortet die Eule mit ruhiger Stimme.

Lu zuckt erschrocken zusammen. „Wie bitte?“, fragt sie leise.

Da wendet ihr die Eule den Kopf zu. „Hava. Ich heiße Hava."
Lu blickt sie mit offenem Mund an und bringt kein Wort heraus.
„Ich freue mich, dich endlich kennen zu lernen, Lu." In der Stimme der Eule liegt eine unglaubliche Besonnenheit. Hava wendet sich wieder ab und blickt erneut in den Park. Lu folgt ihrem Blick stumm und so sitzen die beiden.
Starren vor sich hin.
Seite an Seite.

Trix

Langsam öffnet Trix ihre Augen. Sie blinzelt. Irgendetwas Helles blendet sie. Es leuchtet in einem strahlenden Rot, wie ein loderndes Kaminfeuer. Trix kneift ihre Augen sofort wieder fest zusammen und richtet sich auf. Als sie sie vorsichtig öffnet, traut sie ihren Augen kaum.
Vor ihr auf dem Tisch sitzt ein mächtiger Vogel. Er beobachtet sie genau mit wachsamem Blick.
Sein Gefieder strahlt in feurigen Rottönen, seine gigantischen Flügel hält er nahe an den Körper gelehnt. Trix blickt sich um.
Was gibt das wohl für ein seltsames Bild?
Sie sitzt auf einem Tisch, mitten in einem völlig zerstörten Speisesaal, und neben ihr ein eigenartiger Vogel, nein ein Feuervogel.
„Wer bist du?" fragt sie ihn.
Das Tier sieht sie mit einem langen, durchdringlichen Blick an, bevor es antwortet. „Ich heiße Antena."
Trix hievt sich vom Tisch und klopft sich den Staub von Armen und Beinen. „Schön, und was machst du hier?"
Sie ist leicht genervt. Sie mag es nicht, wenn sie die Kontrolle über ihre

Kraft verliert. Als Trix versucht mit einer Handbewegung die Scherben zusammenzusammeln tut sich nichts. Absolut nichts. Sie blickt erstaunt auf ihre kraftlosen Arme.
„Dir helfen." Antena breitet ihre Flügel aus und ein tosender Wind erfüllt den Raum. Trix spürt ein Kribbeln in den Fingern. Es breitet sich immer weiter aus, über die Hände und Arme, bis hinein in ihr Herz. Im selben Moment fügen sich alle Scherben wieder zusammen und die Gegenstände finden wieder zurück an ihren angestammten Platz. Der Speisesaal sieht aus, als wäre nie etwas passiert.
„Wieso tust du das?" Sie beobachtet den Vogel argwöhnisch.
Antena senkt die Flügel wieder und sieht sie gelassen an. „Weil es meine Aufgabe ist, Trix! Du solltest nicht so sorglos mit deiner Kraft umgehen. Das ist nicht gut."
Trix stampft auf. „Jaja ich weiß, aber ich bin einfach so unglaublich wütend!"
Der Vogel hüpft ein Stück näher auf das Mädchen zu. „Aber du bist stark genug, um diese Wut unter Kontrolle zu haben!" Ohne ein weiteres Wort zu sagen, breitet Antena die Flügel aus und fliegt aus dem Speisesaal. Als Trix keine Anstalten macht ihm zu folgen, hält der Vogel in der Luft inne und sieht das Mädchen eindringlich an. Kopfschüttelnd sammelt sich Trix und folgt Antena.
Aus dem Augenwinkel beobachtet sie, wie der mächtige Feuervogel neben ihr herfliegt. Sie weiß nicht warum, aber seine pure Anwesenheit strahlt eine enorme Ruhe und Kraft aus.
„Wohin gehen, oder in deinem Fall: fliegen wir denn?" Trix beobachtet Antena mit Argusaugen. Doch die Frage ist überflüssig, denn sie stehen bereits vor der Schlafkammer der Mädchen.
Als Trix die Türe öffnet bleibt ihr der Mund offen stehen. Das Zimmer

ist nicht wie erwartet leer. Jemand wartet auf sie.

Mina

Plötzlich hört Mina ein Geräusch. Sie hält inne und blickt sich um. Doch sie sieht nichts. Also lässt sie sich weiter von ihrem Hochgefühl tragen und gerade als sie wieder anfangen will von ihren utopischen Plänen zu schwärmen, hört sie es wieder. Es klingt wie ein leises Kratzen. Oder wie ein Schleifen. Als würde jemand etwas über den Boden ziehen. Wieder verstummt Mina und blickt sich irritiert um.
Da! Da ist es wieder. Mit einem Ruck fährt Mina herum.
„Huch."
Schnell macht sie einen kleinen Satz nach hinten. „Was war denn das?"
Sie runzelt die Stirn. Es war klein ... und ... blau ... und ... flauschig. Plötzlich hört sie ein Husten. Sie bückt sich und zieht vorsichtig den schweren Samtvorhang neben dem hohen Fenster am Schulgang zur Seite.
Zwei große, kugelrunde Augen blicken sie erschrocken an. Sie gehören zu einem kleinen Drachen. Mina schlägt die Hände vor den Mund.
„Oh Gott, was bist du denn für ein süßes Kerlchen?"
Der kleine Drache legt den Kopf schief und stützt seine Tatzen in die Seite. „Ich heiße Zrak und ich bin nicht süß. Ich bin ein furchteinflößender Drache."
Er öffnet seinen Mund, vermutlich um Feuer zu speien. Doch es kommt nur ein klägliches Husten heraus. Mina verkneift sich ein Lachen und streckt ihm die Hand entgegen. „Hallo Zrak, ich heiße Mina."
Zrak verschränkt seine Arme und blickt sie herausfordernd an. „Ich weiß."

Mina zieht langsam ihre Hand zurück. „Achja? Und woher?“
Der Drache zuckt mit den Schultern. „Das tut nichts zur Sache.“ Er stapft an Mina vorbei und zieht dabei seinen langen Schwanz hinter sich her. Das war also das schlurfende Geräusch, das Mina vorher gehört hat. Sein Fell schimmert in tausenden unterschiedlichen Blautönen im Sonnenlicht und seine Zacken stehen herausfordernd in die verschiedensten Richtungen. Mina beobachtet ihn belustigt. „Naja, es war auf jeden Fall schön deine Bekanntschaft zu machen, lieber Zrak. Aber ich muss dann mal wieder los.“
Ehe sie auch nur einen Schritt machen kann, steht Zrak schon in ihrem Weg. „Nicht so schnell, junge Dame. Wir müssen noch etwas besprechen.“
Mina hebt eine Augenbraue. „Tut mir leid. Ich habe gerade überhaupt keine Zeit.“
Zrak legt den Kopf erneut schief.
„Ist dir schon einmal aufgefallen, dass du in letzter Zeit nur noch von dir selber sprichst?“
Mina atmet entrüstet ein. „Also ich finde nicht, dass...“
Der Drache hebt bestätigend die Handfläche.
„Ich habe einfach nur ...“
Wieder hebt er die Hand.
„Ich habe jetzt echt keine Lust ...“
Zrak räuspert sich hörbar und wirft Mina einen deutlichen Blick zu. Plötzlich hält Mina inne. Zrak marschiert in kleinen, tapsigen Schritten um sie herum.
„Ich bin dein Freund und Freunde sagen sich immer die Wahrheit. Deshalb ist es auch wichtig, dass du mir jetzt zuhörst!“
Mina hebt beschwichtigend die Hände. „Ist ja gut. Ich bin ganz Ohr.“

„Mina, du hast dich verändert. Sogar deine beiden besten Freundinnen erkennen dich nicht wieder. Du hast dich zu sehr von deinen negativen Eigenschaften leiten lassen."
Mina setzt an, um etwas zu sagen, doch Zrak redet einfach weiter. „Unterbrich mich nicht!"
Minas Mund klappt zu wie bei einem Fisch im Wasser. Zrak läuft immer weiter um sie herum. Mina wird schon ganz schwindelig. Sie greift sich an den Kopf.
„Du bist eingebildet, überheblich und arrogant."
Mina beginnt zu protestieren, doch Zrak lässt sich nicht beirren. „Diese Eigenschaften schlummern schon immer tief in dir. Sie machen dich aus. Sie gehören zu deiner Persönlichkeit. Sie können dich auch in vielen Momenten des Lebens weiterbringen. Aber wenn sie Macht über deine Seele erlangen, weil du dich ausschließlich auf diesen Teil deines Seins einlässt, dann machen sie dich zu einem anderen Menschen. Du musst das in den Griff bekommen, sonst bist du gefangen und das Böse frisst dich auf, Mina."
Zrak blickt sie eindringlich an. Mina schluckt und setzt sich langsam auf den Boden.
Ihre Gedanken rasen. Hat der kleine, blaue Drache wirklich Recht? Sie war in letzter Zeit schon sehr damit beschäftigt, mit ihrem Lob zu prahlen und sich in ihrem Erfolg zu baden. Wollte sie sich wirklich voller Überzeugung selbst multiplizieren? Mina muss über den Gedanken plötzlich selber lachen. Sie schüttelt ungläubig den Kopf. Aber wie hat der Drache geschafft sie wieder auf den Boden der Tatsachen zurück zu holen? Als sie ihn darauf ansprechen will, hallen ihre Worte ins Leere. Zrak ist verschwunden.

Nach ein paar Minuten fasst Lu doch Mut und spricht die Eule erneut an. „Hava?“
„Ja?“, antwortet das Tier, erneut jedoch ohne Lu auch nur einen Blick zu schenken.
„Wie machst du das?“
„Was?“
„Naja meine Gedanken. Sie sind nicht mehr so durcheinander. Sie lassen mir wieder ein Stückchen Klarheit. Und die Eifersucht. Sie ist kleiner geworden.“
Jetzt schaut Hava sie an. „Schön.“
Und schon hat sie ihren Blick wieder abgewandt. Lu verdreht genervt die Augen. So ein harter Knochen.
„Du hast mir aber immer noch nicht erklärt, wie du das machst.“
Doch sie bekommt keine Antwort. „Hallo?!?“ Mittlerweile ist Lu schon ein wenig gereizt. Dieses Gespräch ist ja wohl mehr als einseitig.
Da beginnt Hava plötzlich zu erklären: „Weißt du Lu, dein Kopf ist wie eine riesige Bibliothek. Eine Sammlung tausender, abertausender Gedanken und Erinnerungen. Manchmal, wenn etwas passiert, dass dich aus der Bahn wirft, dann ist es, als würde jemand durch die Gänge laufen und alle Bücher aus den Regalen werfen.“ Lu nickt langsam und zustimmend.
„Naja und ich bin dazu da, um dir in solchen Momenten zu helfen. Das ist alles.“
Und mit diesem Satz schweigt die Eule wieder. Doch Lu fragt nicht weiter nach. Sie hat genug erfahren. Mit einem sanften Lächeln beobachtet sie das Tier und langsam schließt sie Hava in ihr Herz.

Trix

„Mein Liebling!“

Mit offenen Armen und erwartungsvollem Blick steht er vor ihr. Trix wartet keine Sekunde und fällt ihrem Vater mit einem Freudenschrei in seine Arme. Sie umarmen sich innig und Trix vergisst für einen Moment all ihre Wut. Schließlich löst sie sich von ihm und hält ihn prüfend ein Stückchen von sich. „Bist du es wirklich? Das kann doch eigentlich gar nicht sein.“ Sie mustert ihn mit einem misstrauischen Blick.

„Ja ich weiß mein Liebes, ich hab dich so oft vertröstet. Es tut mir so leid dich enttäuscht zu haben. Ich hoffe ich kann es irgendwie wieder gut machen?“

Trix grinst ihren Vater breit an und drückt ihn erneut ganz fest an sich. „Hauptsache du bist jetzt da. Danke Papa.“

Da fällt ihr plötzlich Antena wieder ein. „Warte kurz, ich muss dir jemanden vorstellen. Papa, das ist ....“ Doch da ist niemand mehr. Trix läuft suchend durch das Zimmer.

„Antena? Antena?? Wo bist du denn hin?“

Ihr Vater beobachtet sie belustigt. „Wen suchst du denn bitte?“

„Na Antena, meinen Feuervogel.“

Nun lacht ihr Vater laut auf. „ Deinen Feuervogel? Ok, warum nicht auch ein Feuervogel. Ich habe das Gefühl, hier ist wirklich nichts unmöglich! Komm wir machen einen kleinen Rundgang. Ich möchte die Schule sehen.“

Trix zögert kurz. Wohin ist Antena bloß verschwunden? Sie war doch eben noch neben ihr? Soll sie jetzt einfach mitgehen? Aber ihr Vater ist jetzt endlich da! Die Freude über das Wiedersehen überwiegt schließ-

lich und Trix hängt sich bei ihrem Papa ein.
„Ok, dann komm. Wir fangen mit dem Schulhof an, dann zeig ich dir die Klassenräume und den Kräutergarten. Es gibt ja so viel zu sehen und zu erzählen!"
Begeistert zieht sie ihren Vater aus der Tür.

Lu

„Hava ich..." Lu wendet sich gerade wieder ihrer Eule zu, als sie plötzlich ihren Namen hört.
„Lu!! Lu, da bist du ja endlich."
Sie steht auf und schirmt ihre Augen ab um im strahlenden Sonnenlicht etwas zu erkennen. Und da steht er. Direkt vor ihr. Merlin.
Sofort versteinert sich ihr Blick wieder. „Was heißt da bin ich ja endlich? Ich war die ganze Zeit hier."
Merlin antwortet atemlos. „Ich hab dich die ganze Zeit gesucht."
Lu runzelt die Stirn. „Achja?"
Der Junge lächelt. „Ja. Ich wollte dich etwas fragen."
Lu nimmt schnell ihre Brille ab und beginnt hastig, die Gläser zu polieren. „Ich habe jetzt aber leider auch gar keine Zeit. Wie du siehst sind wir gerade sehr beschäftigt."
„Wir?" Merlin blickt sich suchend um.
„Na Hava und ich."
Doch als Lu nach unten ins Gras blickt ist der Platz am Baumstamm leer. Hava ist weg.
„Ist ja auch egal." Sie greift nach ihrem Buch und will gerade gehen, als Merlin sie am Arm fest hält. „Nein es ist nicht egal. Ich hab dich jetzt die ganze Zeit gesucht und ich muss dir unbedingt etwas sagen. Also

bitte hör mir zu.“
Lu schaut ihn misstrauisch an. „Du hast eine Minute.“
„Danke.“ Merlin lächelt verlegen. „Also ich hab echt nicht gewusst, wie ich das machen soll. Du bist einfach so ... unnahbar. Einfach anders als die anderen Mädchen, die ich bisher kennengelernt habe. Und ich ... also du ... ich meine ... ich musste dich einfach wiedersehen. Ich habe aber nicht gewusst, wie ich das am besten anstellen soll. Also hab ich die ganzen anderen Mädchen aus meiner Klasse gefragt. Sogar diese komische Nathalie.“ Merlin verdreht die Augen. „Aber die hat mir auch nichts wirklich Sinnvolles sagen können. Deshalb versuche ich es einfach mal damit: Möchtest du vielleicht morgen mit mir ein Eis essen gehen?“
Sein Blick ist unsicher und erwartungsvoll.
Lu sagt nichts. Sie verzieht keine Miene.
Merlins Blick wird immer unsicherer und er fährt sich mit seiner Hand durch die Haare. „Also du musst natürlich nicht. Ich verstehe das. Das ist absolut okay.“
Er wendet den Blick ab und flucht leise vor sich hin. „Ich wusste das war eine blöde Idee. Willst du mit mir ein Eis essen gehen? Wie einfallslos ist das bitte?“
„Ja!“
Merlin blickt auf. „Wie?“
Lu lächelt. „Ja, ich möchte sehr gerne mit dir ein Eis essen gehen.“
Ein Strahlen erfüllt das Gesicht des jungen Magiers. „Echt? Wow, Wahnsinn. Ich ... ich freue mich. Dann treffen wir uns morgen um drei beim Schultor? Ist das okay für dich?“
„Ja.“ Lu lächelt immer noch.
Merlin grinst. „Sehr cool. Dann bis morgen!“ Er wirft seine Tasche

über die Schulter und läuft über die Wiese Richtung Schloss.
Lu bleibt noch ein paar Minuten genau so stehen. Sie will diesen Moment, dieses Gefühl, dieses Kribbeln genau so festhalten. Es einspeichern. Damit sie es immer wieder abrufen kann. Wenn sie zurückdenkt an den Moment, an dem sie das erste Mal das Gefühl hatte, nicht unsichtbar zu sein.

Welch ein Glück! Hava, Antena und Zrak sind genau zum richtigen Zeitpunkt erschienen. Die drei tierischen Begleiter stehen meinen Mädchen Gott sei Dank zur Seite und waschen ihnen auch einmal den Kopf, wenn es nötig ist. Schauen wir einmal, ob es gefruchtet hat ....

Vier

Als Lu, immer noch mit einem zarten Lächeln auf dem Gesicht, die Tür zu ihrem gemeinsamen Zimmer öffnet, wird sie bereits von den anderen beiden Mädchen erwartet. Zaghaft bleibt sie im Türrahmen stehen und sieht ihre Freundinnen erwartungsvoll an. Die letzte Begegnung liegt ihr noch immer schwer im Magen und sie muss schlucken als sie merkt, wie schmerzhaft der Streit mit Mina und Trix für sie war. Doch als sie in die beiden lächelnden Gesichter blickt, löst sich der Stein von ihrem Herzen und sie macht einen großen Schritt ins Zimmer. Sekunden später liegen sich die drei schon in den Armen und drücken sich ganz fest.

„Autsch! He Leute, ich bekomme ja fast keine Luft mehr!" Japsend befreit Trix sich aus dem Knuddelhaufen. „Aber ich freu mich, dass ihr wieder die alten seid." Sie grinst.

„Wir?" Mina lacht. „Du bist ja wohl auch wie ausgewechselt. Ich nehme an, dein Vater hat sich doch noch gemeldet?"

Trix´ Grinsen wird immer breiter. „Besser. Er war hier, den ganzen Nachmittag. Wir waren Essen und ich habe ihm das ganze Schulgelände gezeigt!"

Mina legt den Arm um sie. „Na siehst du. Deine Wut war also völlig umsonst. Du bist deinem Vater doch viel wichtiger als du gedacht hast, oder?"

Trix nickt lächelnd. „Ja das glaube ich jetzt auch wieder. Aber jetzt mal zu euch: Wie war euer Nachmittag?"

Lu wird rot. Das bleibt den Freundinnen natürlich nicht verborgen. Kreischend umzingeln die beiden das Mädchen und löchern sie mit Fragen.

„Raus damit! Was ist passiert?“
„War etwas mit Merlin?“
„Hast du mit ihm geredet?“
„Was hat er gesagt?“
Abweisend hebt Lu die Hände. „Es ist nicht so aufregend.“
Trix verdreht die Augen. „Jetzt tu nicht so, wir sind neugierig, also heraus mit der Sprache.“
Langsam beginnt Lu zu erzählen, verlegen schaut sie dabei auf ihre Handflächen. „Ja also ich hab ihn ja gestern im Gang mit diesem anderen Mädchen gesehen.“
„Waaas?? So ein Schuft!“ Trix stützt entrüstet die Hände in die Hüfte.
„Jetzt lass sie doch mal ausreden, Trix.“ Beschwichtigend legt Mina ihr eine Hand auf dem Arm.
„Naja, er hat mir die Situation erklärt. Er wollte sie nur etwas fragen.“
„Achja? Und was bitte?“ Trix ist immer noch skeptisch.
Lus Wangen werden immer röter und ihre Stimme immer leiser. „Er hat sie nach einer Idee gefragt.“
Trix legt die Hand hinters Ohr. „Bitte was? Sprich mal etwas lauter, ich versteh dich ja kaum. Was für eine Idee?“
„Er hat sie gefragt, wie er mich um eine Verabredung bitten kann.“ Verlegen blickt Lu auf den Boden. „Aaaah! Wie süß ist das??“ Mina schlägt vor Begeisterung die Hände vor ihren Mund. „Na, und hat er dich nun gefragt oder nicht?“
Lu lächelt in sich hinein und nickt langsam.
„Und, und, und? Jetzt lass dir nicht alles aus der Nase ziehen!“ Trix tritt ungeduldig auf der Stelle hin und her.
„Ja also, wir gehen morgen Eis essen. Das wars. Ist das Verhör jetzt beendet?“ Lu hält sich verlegen die Hände vors Gesicht.

„Gut gemacht, Schlaumeier!“ Anerkennend klopft Trix ihrer Freundin auf die Schulter. „Merlin ist einer der süßesten Jungs der Schule. Das hätte ich dir echt nicht zugetraut.“

„Ich mir auch nicht“, nuschelt Lu in ihre Hände.

Die drei lachen und Mina legt die Arme um ihre Freundinnen. „Es freut mich wirklich, dass ich meine Mädels wieder habe. Ich habe jetzt auch erkannt, was wirklich wichtig ist. Ich war viel zu sehr auf mich selbst fixiert. Es tut mir wirklich leid. Ich habe mich unmöglich benommen.“

Trix winkt ab. „Das haben wir alle drei. Aber manchmal ist es besser, man schläft eine Nacht drüber. Meistens sieht alles am nächsten Tag schon gar nicht mehr so schlimm aus.“

Lu grinst. „Wow, was für weise Worte und das aus eurem Mund.“ Prompt erntet sie einen Seitenhieb von Trix und ein empörtes „Heee!“ von Mina.

Beschwichtigend hebt Lu ihre Hände. „Ist ja gut, ist ja gut.“

Mina lacht. „Ich wollte euch übrigens noch etwas Lustiges erzählen. Ich habe heute Nachmittag jemanden kennen gelernt. Ihr werdet es nicht glauben, aber ...“

Doch Lu fällt ihr ins Wort. „Mina, ich unterbreche dich ja nur äußerst ungern, aber die große Prüfung in Elementekunde steht übermorgen an. Wir sollten uns echt ranhalten. Der Stoff ist nicht gerade wenig. Vielleicht kannst du uns die Geschichte ein anderes Mal erzählen?“

Mina nickt. „Du hast Recht. Vor allem, weil wir uns ja nicht alles so einfach im Kopf einspeichern können wie du.“ Sie blickt ihre Freundin neidisch an.

Lu nickt. „Eben, also los Mädels! Ran an die Bücher!“

Fünf

Oberzaubermeister Bofrat und seine Magierkollegen stehen am Geländer der Galerie. Dieser Platz bietet ihnen einen guten Blick in die Aula der Schule. Beunruhigt beobachtet Bofrat die vielen Schüler, die durch die Gegend wuseln. Eigentlich kein ungewöhnliches Bild. Die Schule ist schließlich gefüllt mit aufgeweckten Magierinnen und Magiern. Doch etwas macht ihm Sorgen. Es ist der Gesichtsausdruck, den er bei seinen Schülern erkennt.

Stress, Hektik und Angst.

In dieser Woche stehen viele Prüfungen an. Vor allem die Elementekundeprüfung im ersten Jahrgang ist eine der wichtigsten in diesem Jahr. Sie entscheidet bei vielen Schülern, ob sie die Ausbildung zum Magier überhaupt weiter fortsetzen können.

Der Leistungsdruck, den viele der Jungzauberer spüren, hängt wie eine tiefe Regenwolke im Raum. Besorgt blicken sich die Magier an.

„Ich habe das Gefühl heuer ist diese negative Energie noch deutlicher zu spüren“, Miraculina seufzt bedrückt.

„Dieser Eindruck täuscht dich nicht, Miraculina.“ Bofrat sieht seine Kollegin nachdenklich an. „Ich mache mir wirklich Sorgen. Ich denke, sie ist wieder da!“

Die Lehrkräfte sehen sich bestürzt an.

„Wirklich? Glaubst du, es ist so schlimm?“ Madame Sermina hält sich ängstlich die Hand vor den Mund, als würde sie sich kaum trauen die Worte auszusprechen.

Bofrat nickt. „Durch die Anwesenheit der drei Lichter ist auch ihre Energie gestiegen. Jegliche negative Kraft, jedes schlechte Gefühl und jeder böse Gedanke unterstützen sie in ihrem Sein.“ Dynamica schüt-

telt entsetzt den Kopf.
„Dieser Raum ist voll davon. Angst, Druck, ja manche Schüler haben regelrecht Panik vor der Prüfung. Wie können wir das Schlimmste verhindern?“
Bofrat macht auf dem Absatz kehrt. „Folgt mir. Es ist Zeit uns zu beratschlagen!“

Kaum haben die Magier den Balkon in der Aula verlassen, zieht ein winziger schwarzer Rauchfaden durch den Raum. Ganz knapp über dem Boden, unbemerkt von den Schülern bahnt er sich seinen Weg. Er wird immer länger und länger, immer größer und größer. Er breitet sich wie ein Spinnennetz zwischen den jungen Magiern aus und bedeckt schließlich fast den gesamten Fußboden.
Lu, die mittlerweile mit Mina und Trix ebenfalls in der Aula angekommen ist, bemerkt ihn als Erste.
„Was ist das für ein komischer Nebel?“, deutet sie stirnrunzelnd auf den Boden.
„Igitt.“ Mina stellt sich angewidert auf die Zehenspitzen und versucht vergeblich dem schwarzen Rauch zu entkommen. Trix sieht sich um.
„Schaut mal Leute, er ist bereits im ganzen Raum. Vielleicht brennt es hier irgendwo? Wir müssen den Feueralarm auslösen!“
Doch Lu hält sie fest. „Nein, warte! Es riecht nicht verbrannt oder? Es riecht ... nach gar nichts. Und hast du mal versucht in den Nebel hineinzufassen? Er ist weder nass, noch kalt. Es ist als wäre er gar nicht vorhanden.“
„Warum scheint das denn den Aanderen nicht aufzufallen? Sehen nur wir das?“ Mina sieht sich erstaunt um.
Plötzlich beginnen die Glühbirnen zu flackern und vor den Fenstern

schieben sich Wolken über das bisher noch so strahlende Sonnenlicht. Das Licht im Raum wird immer düsterer und die schwarzen Rauchfäden beginnen wie Pflanzenranken an den Beinen der Schüler hochzuklettern. Wie angewurzelt bleiben diese stehen und bewegen weder Arme noch Beine.

„Also das wird jetzt echt gruselig.“ Mina klammert sich an Trix` Arm fest und versucht sich hinter ihrer Freundin zu verstecken. Lu versucht mit raschen Blicken den gesamten Raum abzusuchen, um die Ursache dieses seltsamen Nebels ausfindig zu machen.

Da tippt ihr Trix plötzlich auf die Schulter. „Ähm, Lu.“

„Was denn?“

„Du solltest dir das da vorne ansehen.“ Sie zeigt in die Mitte des großen Raumes.

Als Lu ihrem Blick folgt, bleibt ihr kurz die Luft weg und sie traut ihren Augen kaum. Der schwarze Rauch hat sich im Zentrum der Aula gesammelt und sich zu einem mächtigen Strudel entwickelt. Alle Schülerinnen und Schüler bewegen sich wie ferngesteuert durch den Raum. Sie marschieren rund um die schwarze, mächtige Wolke und ihre Augen sind ebenfalls schwarz wie die Nacht. Nur Mina, Trix und Lu scheinen aus irgendeinem Grund gegen die dunkle Macht immun zu sein.

Fassungslos beobachten die drei wie sich der Nebel immer stärker aufbaut und plötzlich in sich zusammenfällt.

Die drei Mädchen stellen sich eng nebeneinander und greifen nach ihren Zauberstäben, um sich verteidigen zu können. Ihre Augen beobachten jede Kleinigkeit, die vor sich geht, als sich plötzlich aus dem schwarzen Fleck am Boden eine Gestalt erhebt. Mina greift intuitiv nach Trix` Hand, als die Kreatur die Form einer jungen Frau annimmt.

Doch es ist keine normale Frau. Ihr Gesicht ist blass und ihre Lippen so dünn, dass diese nur als leichter Strich erkennbar sind. Ihre Gesichtszüge sind fein, doch undurchdringlich. Ihr Haar ist unter einer schwarzen Kapuze verdeckt und zwei große, geschwungene Hörner krönen ihr Haupt. Mit offenem Mund mustern die Mädchen diese angsteinflößende Erscheinung.

Ihr langes, dunkles Kleid mit den violetten Verzierungen, ihre schwarzen Stiefel und ihre spitzen Nägel jagen ihnen einen Schauer über den Rücken.

Vor allem aber schockiert sie ihre dämonische Ausstrahlung. Ihr Blick ist eisig kalt.

„Wer bist du?", ruft Trix ihr entgegen.

Die Frau lacht. Doch ihr Lachen ist kalt und gefühlslos. „Ihr fragt mich, wer ich bin?" Sie lacht erneut hämisch und mit einer kleinen Handbewegung schleudert sie die drei Mädchen an die Wand. Krachend landen sie schließlich am harten Steinboden.

„Autsch!" Mit schmerzverzerrtem Gesicht reibt Mina sich ihren Rücken.

Trix rappelt sich als Erste auf. „He! Was soll denn das? Was ist denn dein Problem?"

„Du bist mein Problem.", entgegnet die dunkle Frau und schießt mit ihrem ausgestreckten Zeigefinger einen schwarzen Pfeil in Trix´ Richtung. Doch das sportliche Mädchen ist schnell, weicht dem Pfeil geschickt aus und er trifft nur die Wand.

„Vielleicht solltest du dich besser nicht mit ihr anlegen." Lu richtet sich vorsichtig auf, während sie versucht ihren Blick möglichst nicht von der furchteinflößenden Frau abzuwenden.

„Was tu ich denn? Sie legt sich doch mit uns an." Trix stellt sich in

Kampfposition.
Schon kommt der nächste Pfeil in ihre Richtung geflogen. Dieses Mal zielt er auf ihre Beine. Mit einem hohen Sprung wehrt Trix auch diesen Angriff geschickt ab.
„Halloho? Kann mir vielleicht irgendjemand helfen?", ruft sie vorwurfsvoll ihren Freundinnen zu.
„Wie denn?" Mina sieht ihre Freundin ängstlich an.
„Naja irgendein Zauberspruch vielleicht?" Die beiden werfen Lu einen hoffnungsvollen Blick zu.
„Ich überleg ja schon fieberhaft." Lu klopft mit den Fingern ihrer rechten Hand auf ihre Schläfe. Plötzlich hebt sie energisch den Kopf. „Ich hab`s!" Sie hebt entschlossen ihren Zauberstab und richtet ihn auf die schwarze Frau.

„Lux intrare sacrum noctis elucere veritas."

Lu wiederholt den Spruch immer und immer wieder, doch es tut sich einfach nichts.
„Bist du sicher, dass das der richtige Spruch ist?", fragt Mina sie zögerlich.
„Ja. Vielleicht steht ihr nicht so tatenlos rum? Helft mir bitte mal!"
Trix rempelt Mina auffordernd an und beide stellen sich jeweils zur Linken und zur Rechten ihrer Freundin. Sie legen ihr eine Hand auf die Schulter und heben mit der anderen ebenfalls ihren Zauberstab.
Gemeinsam wiederholen sie den Spruch immer und immer wieder. Sie werden immer gleichmäßiger und lauter, finden einen gemeinsamen Rhythmus.
In dem Moment, als ihre Stimmen eine Einheit bilden fährt aus jedem

der Zauberstäbe ein helles Licht, das kräftiger leuchtet als alles, was die Mädchen bisher gesehen haben. Sie haben Mühe bei dem blendenden, grellen Licht die Augen offen zu halten, doch sie konzentrieren sich auf ihren Zauber und schließlich bündeln sich alle drei Lichter zu einem großen Strahl der mit rasender Geschwindigkeit direkt auf die schwarze Frau trifft. Die Energie des Strahls lässt sie erzittern und in der nächsten Sekunde löst sich die dunkle Gestalt in Luft auf. So plötzlich wie sie erschienen ist, ist sie auch wieder verschwunden. Erschöpft lassen die drei ihre Zauberstäbe sinken.
Langsam bahnt sich der erste Sonnenstrahl seinen Weg in den düsteren Raum und erhellt ihn zögerlich. Auch der Nebel ist wieder verschwunden und die anderen Schüler erwachen langsam aus ihrer Starre.
Lu zittert. „Ich ... ich glaube es hat funktioniert." Die drei halten sich ganz fest im Arm und versuchen sich gegenseitig Kraft zu schicken.
Trix blickt ihre beiden Freundinnen an: „Mädels, was auch immer das gerade war, ich glaube wir haben es besiegt.".

Jedes Mal wenn ich an diesen Moment denke, zittern meine Finger. Ich kann mich nur zu gut an die Angst in den Augen meiner Mädchen erinnern. Das erste Mal wurden sie mit dem Bösen konfrontiert und mussten ihre Kräfte im Kampf einsetzen. Für ihre Premiere haben sie die Situation doch gut gemeistert oder?

Teil Drei

Ein paar Tage nach dieser seltsamen Begegnung ist bei den Dreien wieder der Alltag eingekehrt. Sie können aber noch immer nicht so recht fassen, was sie da erlebt haben. Lu, Mina und Trix sind sich allerdings einig, dass es besser ist, niemandem davon zu erzählen. Nachdem keiner der anderen Schüler, die anwesend waren mehr Erinnerungen an den Tag zu haben scheint, bleibt der Kampf gegen „die Böse" ihr Geheimnis.

Als Trix am nächsten Tag nach ihrer Besenflugstunde wie gewohnt den Innenhof in Richtung Schulgebäude verlassen will, wird sie von ihrer Lehrerin Dynamica angesprochen: „Trix, warte bitte kurz einen Moment."
Das Mädchen bleibt erstaunt stehen. „Ja?"
„Dir gefällt das Fliegen mit deinem Besen, oder?"
Trix nickt und wirft ihrer Lehrerin einen fragenden Blick zu.
„Du hast wirklich Talent, weißt du. Ich habe mir gedacht, dass du vielleicht Lust hast, dich bei der Abschlussprüfung für den Schwerpunkt Besenflug zu entscheiden?"
Trix Blick wird immer fragender. „Abschlussprüfung? Schwerpunkt? Hat das nicht noch ein bisschen Zeit? Ich bin doch erst im ersten Jahr?"
Dynamica schüttelt lächelnd den Kopf. „Natürlich sind auch hier in Heavenport die Abschlussprüfungen erst am Ende deiner Schulzeit, aber deinen Schwerpunkt musst du trotzdem bereits im ersten Jahr wählen. Du arbeitest schließlich dann deine gesamte Schulzeit darauf hin."
„Ah ich verstehe, ja das würde mich natürlich sehr interessieren. Kann

ich mir das noch überlegen?“ Dynamica legt eine Hand auf Trix´ Schulter. „Natürlich! Mach' dir in Ruhe Gedanken darüber. Du hast ja noch ein bisschen Zeit. Ich wollte dir nur sagen, dass ich mir sicher bin, dass Besenflug genau deine Disziplin ist. Wir sehen uns morgen wieder zur Unterrichtsstunde. Mach's gut.“

Auf dem Weg ins Zimmer drehen sich Trix' Gedanken immer noch um die Prüfungen, das Schwerpunktfach und vor allem auch um die Zeit nach Heavenport. Schwungvoll öffnet sie die Zimmertür und platzt ins Zimmer.

„Leute, was wollt ihr eigentlich machen?“.

Mina und Lu sehen sie fragend an. „Wie? Was wollen wir machen?“ Mina versteht nur Bahnhof.

Trix stellt sorgsam ihren geliebten Besen in die Ecke und lässt sich aufs Bett fallen.

„Naja, nach der Schule. Was passiert nach Heavenport? Gehen wir alle wieder in unser normales Leben zurück? Also ich kann mir das absolut nicht vorstellen.“

Lu legt sich auf den Bauch und stützt ihr Kinn in die Hände. „Ich eigentlich auch nicht. Ich hab keine Lust wieder ein gewöhnliches Leben zu führen.“

Mina bekommt plötzlich einen träumerischen Blick und ihre Augen beginnen zu glänzen. „Ich hab da schon eine Idee, was ich machen möchte!“

Trix sieht sie gespannt an. „Erzähl! Vielleicht kommt mir dann auch eine Idee, was ich mit meinem Leben später anfangen möchte.“

Mina springt auf ihr Bett. „Ich möchte Mode entwerfen. Mode für Magier. Diese langweiligen, schwarzen Kittel kann doch kein Mensch mehr sehen.“ Sie wirft sich in Pose. „Es muss schick sein, figurbetont und stylish. Natürlich aber auch praktisch.“ Sie springt auf den Boden und schnappt sich ihren Besen. „Beim Fliegen soll es nicht zu sehr flattern und es darf natürlich auch nicht unbequem sein.“ Dann stellt sie ihren Besen wieder zurück an die Wand und spaziert wie ein Model im Zimmer auf und ab. „Aber vor allem soll es für jeden Magier etwas Individuelles geben. Meine Mode soll die Persönlichkeiten unterstreichen und mit Farben, Mustern und Schnitt genau zu ihm oder ihr passen.“ Sie lässt sich aufs Bett fallen. „Hach, ich hätte schon so viele Ideen.“

Bei dem Gedanken, ihre bunten Fantasien in reelle Kleidung und Accessoires umsetzen zu können, strahlt Mina über das ganze Gesicht.

Mit offenem Mund schüttelt Trix den Kopf. „Unglaublich, was du dir schon alles überlegt hast! Ich hab noch keine Minute darüber nachgedacht, was ich später einmal machen will. Was ist mir dir Lu? Sag bloß du hast auch schon den vollen Plan?“

Zögernd rutscht Lu auf dem Bett hin und her. „Naja ... also ... eigentlich ... schon, ja.“

Trix wirft ihren Kopf ins Kissen. „Das war so klar.“

Mina lacht. „Erzähl uns davon. Ich bin neugierig, was du machen willst.“

Lu schließt das Buch in dem sie gerade gelesen hat. „Ich würde gerne studieren! Das wollte ich immer schon und den Plan verfolge ich auch weiterhin. Nur habe ich mir jetzt überlegt, dass ich das ja auch mit Magie verbinden könnte.“

Mina setzt sich interessiert auf. „Klingt ja super und was genau willst du studieren?“

Lu wird rot. „Medizin.“

Trix staunt. „Wow, das ist echt cool. Wie kommst du darauf?“
„Naja ich würde gerne anderen Menschen mit meinem Wissen helfen. Vor allem glaube ich auch, dass sich meine magischen Fähigkeiten gut mit medizinischem Wissen verbinden lassen würden. Ich habe mich zwar noch nicht erkundigt, aber mich eigentlich schon entschieden, meinen Abschlussschwerpunkt im Fach „Zaubersprüche“ zu machen.“ Stolz blickt Lu ihre Freundinnen an.
Trix zieht den Polster über ihren Kopf. „Ihr zwei macht mich fertig mit euren tollen Plänen.“
Lu steht auf und zieht ihr das Kissen weg. „Willst du damit sagen, du hast wirklich noch nie darüber nachgedacht was du nach der Schule machen willst? Noch nie?“ Lu blickt ihre Freundin fassungslos an.
Trix hebt vorsichtig den Kopf. „Äh - nein?“
Schmunzelnd schüttelt Mina den Kopf. „Das ist wieder mal typisch du!“
In dem Moment schießt Trix in die Höhe. „Boaaaah.“
Lu verdreht die Augen. „Was?“
„Ich habe eine Idee! Das wär ja mal so richtig cool!“ Trix springt aus dem Bett.
Mina und Lu sehen ihre Freundin skeptisch an. Sie zweifeln, dass die Idee wirklich Hand und Fuß hat. „Ich werde ....“ Sie macht einen kleinen Trommelwirbel. „Drachenzähmerin!!“
Trix springt in eine heldenhafte Pose, reißt die Arme in die Höhe und wartet auf die Begeisterung ihrer Zimmergenossinnen. Doch die bleibt vorerst aus. Stattdessen erntet Trix für ihre Idee nur fragende Blicke.
„Was?“ Trix lässt die Arme sinken.
„Drachenzähmerin?“, fragt Lu vorsichtig. „Gibt es so etwas überhaupt?“
Trix Enthusiasmus ist immer noch grenzenlos. „Mir doch egal, ob es

das gibt oder nicht. Stellt euch das nur einmal vor. Viele süße, lustige, kleine Babydrachen, die nicht wissen wohin mit ihren Kräften. Ich werde mit ihnen trainieren, sie bändigen und sie zu großen, fabelhaften Superdrachen erziehen."

Völlig überzeugt von ihrer Idee wirft sich Trix in eine Bodybuilderpose nach der anderen.

Mina lächelt. „Naja, also... es ist ja immerhin ein Plan oder nicht?" Sie wirft einen Blick zu Lu, die immer noch sprachlos am Bett sitzt.

„Naja schon, aber was für ein Plan." Lu schüttelt den Kopf.

Trix winkt ab. „Ihr werdet schon noch sehen."

„Da wir gerade von Drachen sprechen: Ich wollte eigentlich noch erzählen von ..."

Mina kommt nicht dazu ihren Satz zu beenden, als plötzlich die Schulglocke ertönt.

„Was? Ist die Mittagspause schon vorbei?" Trix kann ihre Enttäuschung kaum verbergen.

Lu wirft einen Blick auf ihre Uhr. „Wir haben völlig die Zeit übersehen. Los Mädels, beeilt euch, sonst kommen wir zu spät."

Mina zieht überstimmt die Schultern nach oben und folgt ihren Freundinnen.

Zwei

Am Abend treffen sich die Mädchen wie gewohnt in ihrem Geheimversteck. Marie-Luises Kammer wurde zum geheimen Treffpunkt auserkoren. Mittlerweile haben sie sich den Raum gemütlich hergerichtet und für jede der drei ist er eine kleine Oase zum Abschalten geworden. Vor allem aber sind sie in dem Zimmer immer besonders kreativ, deshalb nutzen sie es auch sehr gerne zum Lernen, Zaubertränke kreieren oder um Sprüche zu üben.

So auch heute. Lu schreibt gerade ihren letzten Spruch ins Heft, den sie aus Marie-Luises Zauberbuch herausgesucht hat. Sie versieht ihn mit ein paar Hinweisen und schließt schlussendlich zufrieden ihr Notizbuch. „Genug für heute, lasst uns ins Zimmer gehen."
„Pssst!" Mina legt schnell den Finger vor den Mund. „Trix ist schon eingeschlafen."
Sie deutet mit dem Kopf in Richtung eines blonden Schopfes, der vom Bett in Richtung Boden hängt. Die Mädchen kichern und schleichen zu ihrer Freundin. Mina zählt lautlos bis drei und dann springen sie mit voller Wucht neben Trix aufs Bett, sodass diese hoch in die Luft katapultiert wird. Mit einem Schrei ist Trix hellwach und strampelt wild um sich. Lu und Mina können sich vor lauter Lachen kaum noch halten und kugeln am Boden herum. Erst ernten sie wütende Blicke von der noch halb verschlafenen Trix, doch dann kann sie gar nicht anders und stimmt ins Gelächter der anderen ein. Als sie sich halbwegs beruhigt haben und sich auf den Weg machen, bleibt ihnen beim Öffnen der Tür plötzlich das Lachen im Hals stecken. Vor ihnen steht Oberzaubermeister Bofrat. Er blickt sie streng an.

„Ich wusste es. Ab in mein Büro, sofort!"

„Was denkt ihr euch eigentlich?" Bofrat sieht die drei Mädchen wütend an. „Nein, antwortet nicht. Ich glaube, ich will es gar nicht wissen. Wahrscheinlich habt ihr, wie meistens, sowieso nicht nachgedacht."
Er schreitet langsam durch den Raum. Die drei werfen sich zerknirschte Blicke zu.
„Wie oft habe ich jetzt schon gesagt, dass dieses Zimmer für euch tabu ist? Verboten! Wieso widersetzt ihr euch da erneut meinen Anweisungen? Ist es so schwer sich daran zu halten?"
Die Mädchen bleiben stumm und weichen seinem Blick aus.
Bofrat fährt fort. „Ich muss mir wohl ernstere Konsequenzen für euch einfallen lassen. Womöglich droht euch sogar der Schulverweis."
Bei diesem Wort blicken sich die Mädchen entsetzt an.
Trix springt auf. „Das können Sie nicht machen."
„Achja? Warum kann ich das denn nicht?"
„Weil ... weil ... weil wir den Fluch der Schule bekämpft haben", platzt es aus Trix heraus. Mina und Lu sehen sich erschrocken an. Oh nein! Warum kann Trix ihr loses Mundwerk einfach nicht bändigen? Wenn sie sich aufregt, dann sprudelt es nur so aus ihr heraus und sie vergisst einfach nachzudenken. Lu lässt verzweifelt den Kopf sinken.
„Was habt ihr?" Bofrat wirft den Mädchen einen halb verärgerten, halb erstaunten Blick zu.
„Na, den Fluch der Schule bekämpft", antwortet Trix nun schon etwas kleinlauter, als ihr bewusst wird, dass sie soeben ihr Geheimnis ausgeplaudert hat. Langsam lässt sie sich wieder in den Stuhl sinken und versucht den bohrenden Blicken ihrer beiden Freundinnen auszuweichen.

„Was für einen Fluch?"
Auf Bofrats Frage bleiben die Mädchen stumm. Auch Trix beschließt, dass sie womöglich schon viel zu viel gesagt hat. Doch Bofrat will nun die ganze Wahrheit wissen.
„Raus mit der Sprache! Ludmilla, was meint Beatrix damit?" Er wendet sich an die Älteste der Mädchen. Lu lässt den Kopf sinken. Das hat sie befürchtet. Langsam erhebt sie sich aus ihrem Stuhl und beginnt zu erzählen.
„Also: Vor ein paar Tagen, da gab es diesen Zwischenfall in der Aula. Da war diese schwarze Frau." Bofrat zuckt kaum merklich zusammen.
„Schwarze Frau? Welche schwarze Frau?"
„Sie hatte Hörner und ein schwarzes Kleid. Ihr Gesicht war kreidebleich", meldet sich nun auch Mina zu Wort.
Bofrat schließt die Augen und atmet tief durch. Seine schlimmste Befürchtung hat sich nun bestätigt.
„Was ist passiert?", fragt er leise. Die Mädchen sehen sich verwundert an. Wieso war der Oberzaubermeister plötzlich so ruhig?
Trix nickt Lu auffordernd zu. „Sie hat uns angegriffen", erzählt diese weiter, „sie ging erst gegen Trix vor und dann gegen uns alle drei. Aber ich habe mich an einen Zauberspruch aus dem Unterricht erinnert. Mit dem man eine böse Macht verbannen kann. Den haben wir ausprobiert und es hat funktioniert." Bofrat sieht sie erstaunt an. „Es hat funktioniert? Seid ihr euch sicher? Ihr habt Malum besiegt?"
„Malum?", antwortet Trix fragend. „Wer ist Malum?"
Bofrat erklärt: „Na die Person, die ihr angeblich besiegt habt."
Die Mädchen sehen sich ratlos an und zucken mit den Schultern.
„Naja dann haben wir das wahrscheinlich?" Lu wendet sich wieder zögerlich an den Oberzaubermeister.

Doch er hat genug gehört. Sein Kopf brummt und er muss diese Informationen jetzt erst einmal verarbeiten. „Geht bitte auf euer Zimmer!“, sagt er emotionslos.
Die Mädchen stehen auf, doch eine Sache lässt Trix keine Ruhe.
„Aber Oberzaubermeister, was ist nun mit dem Schul ....“. Bofrat deutet ihr mit der Hand aufzuhören, sein strenger Blick spricht für sich.
„Ich will euch nicht mehr in dem Raum sehen, ist das klar?“
Die drei nicken rasch und verlassen so schnell sie können das Zimmer.
Doch der Zaubermeister ruft ihnen nach: „Eines noch Mädchen!“
Die drei zucken zusammen und drehen sich langsam um. Das war wohl doch zu einfach gegangen. „Ja?“ fragt Mina ängstlich.
„Ich denke nicht, dass ihr Malum besiegen konntet. Ihr habt sie wahrscheinlich nur vertrieben. Niemand kann sie besiegen, sie ist zu mächtig. Bitte lasst die Finger davon. Ich will euch nie wieder in Verbindung mit Malum bringen müssen. Und nun geht schlafen.“

Nachdem die Mädchen den Raum verlassen haben, tritt er an das große Fenster und öffnet die beiden Fensterflügel. Die kalte Nachtluft strömt herein und Bofrat fröstelt kurz. Doch er fasst sich schnell und wendet sich dem Sternenhimmel zu. „Was soll ich nur tun?“
Heller als jeder andere Stern leuchten ihm drei Lichter entgegen. Bofrat seufzt. Er weiß, dass die Antwort direkt vor ihm liegt, doch ihm sind die Hände gebunden.

„Die Finger davon lassen? Niemals." Trix schüttelt entschlossen den Kopf.
Entgeistert bleibt Lu neben ihr stehen. „Ist das dein Ernst? Hast du nicht gerade gehört was Oberzaubermeister Bofrat gesagt hat? Uns droht ein Schulverweis!"
„Jaja, schon klar, wir müssen halt einfach vorsichtiger sein."
„Also ich weiß nicht." Mina blickt zögerlich von einer zur anderen.
Lu verschränkt die Arme. „Also für mich ist die Sache klar. Ich setze keinen Fuß mehr durch diese Tür."
Wie durch Zufall stehen die Mädchen bereits wieder vor der Tür zu Marie-Luises Zimmer.
„Das musst du vielleicht auch nicht." Mina räuspert sich.
„Aber ich sehe nicht ein, dass wir diese Malum-Sache einfach so auf sich beruhen lassen. Hallo? Die hat uns schließlich angegriffen!" Trix ist aufgebracht.
Mina versucht sie zu beschwichtigen. „Ja das sehe ich genauso. Aber Lu hat Recht. Wir können nicht riskieren von der Schule verwiesen zu werden."
Lu nickt demonstrativ.
Doch Mina ist noch nicht fertig. „Deshalb wird keine von uns einen Fuß durch diese Tür setzen."
Trix will bereits anfangen zu protestieren als Mina weiterspricht. „Ich denke ich bin nun so weit, dass ich mit Hilfe meiner Vorstellungskraft nicht nur mich sondern auch andere Menschen an Orte meiner Wahl bringen kann."
Da staunen die beiden Mädchen nicht schlecht.

„Du meinst also, wir könnten uns einfach in unserem Zimmer treffen, machen die Augen zu und schon sitzen wir im Geheimversteck? Wie cool wäre das denn?!“ Trix ist beeindruckt.
„Naja ... sagen wir mal so in der Art. Einen Versuch wäre es auf jeden Fall wert, oder?“
Von dieser Idee lässt sich sogar Lu überzeugen und wenige Minuten später im Zimmer angekommen bringt Mina ihre Freundinnen auch schon in Position. Sie geben sich im Kreis die Hände und stellen sich eng aneinander. Mina schließt die Augen. Trix und Lu sehen sich etwas skeptisch, aber auch neugierig, an. Sie beobachten wie Minas Augenlider zittern. Plötzlich wird allen Dreien schwarz vor Augen.

„Hat es funktioniert?“ Lu traut sich kaum die Augen zu öffnen.
„Aber klar doch.“ Minas ganzer Stolz klingt in ihren Worten mit.
Lu hebt zögerlich die Lider und lässt dann vorsichtig die Hände ihrer Freundinnen los. Und tatsächlich. Sie stehen noch genauso im Kreis wie vor einer Sekunde. Doch sie befinden sich nicht mehr wie zuvor in ihrem Zimmer, sondern in Marie-Luises Kammer. Dem verbotenen Raum. Lu blickt sich nervös um. Hoffentlich hat sie auch wirklich niemand gesehen. Doch Minas Gabe bietet ihnen eine Möglichkeit, von der sie zuvor nicht zu träumen gewagt hätte und nachdem niemand außer ihnen jemals diesen Raum betreten würde, sind sie soweit ungestört.
Sie stellen das ganze Zimmer auf den Kopf, um Hinweise zu Marie-Luise oder auch dieser ominösen Malum zu finden. Doch nichts. Alles was sie finden, war ihnen bereits bekannt. Ratlos sitzen die drei am Fußboden und sehen sich an. Lu blättert zum xten Mal im Jahrbuch und stoppt wie jedes Mal bei Marie-Luises Foto.

„Marie-Luise Müller“ liest sie laut vor. Und plötzlich, wie aus dem Nichts, schlägt sie sich mit der flachen Hand mehrmals gegen die Stirn. „Ich bin ein Esel. Ein riesengroßer Esel.“

Trix beobachtet sie belustigt. „Ja okay und warum jetzt genau?“

Lu springt auf. „Das ist doch wirklich nicht wahr. Es kann doch wirklich nicht sein, dass uns das nicht früher aufgefallen ist!“

„Ja, was denn nun?“ Trix wird ungeduldig.

„MARIE. LUISE. MÜLLER.“

Lu betont jede einzelne Silbe langsam und deutlich. Doch die Reaktion besteht nur aus einem skeptischen Kopfschütteln. „Ja, das wissen wir, wir sind ja nicht doof.“

„Doch sind wir anscheinend schon! Oder zumindest hatten wir wirklich ein Brett vor dem Kopf.“ Lu schüttelt immer noch entgeistert den Kopf. „Malum, das ist sie! Malum ist Marie-Luise Müller!“

Mina atmet erschüttert tief ein. „Du hast Recht! Ma – Lu – M: die Anfangsbuchstaben ihres Namens.“

Da fällt auch bei Trix der Groschen. „Das ist ja jetzt wohl ein Scherz.“

Die drei sehen sich stumm an und brechen dann in lauthalses Gelächter aus.

„Wir sind die größten Superdetektivspürnasen der Welt“, johlt Trix und klopft sich mit der Hand auf den Oberschenkel. Lu legt leise kichernd den Finger an die Lippen. „Psst. Wir müssen leiser sein. Sonst ist unsere Detektivkarriere schneller beendet als sie überhaupt begonnen hat.“

„Wenn wir in dem Tempo und mit der Erfolgsquote weitergrübeln wie bisher, sind wir sowieso 80 bis wir herausgefunden haben, was das Geheimnis um Marie-Luise oder Malum oder was auch immer ist.“

Mina hat Tränen in den Augen und hält sich schnell die Hände vor den Mund um nicht laut loszulachen.

„Aber Moment mal“, unterbricht Trix ihre Freundinnen mit plötzlich wieder ernstem Blick.

„Wenn Marie-Luise Malum ist, gegen wen haben wir dann vor ein paar Tagen gekämpft? War sie diese dunkle Gestalt?“

Das Lachen der Mädchen verstummt. Kein Mucks ist mehr zu hören und die Neugier der Mädchen ist wieder geweckt.

„Ich will verdammt nochmal wissen, was mit Marie-Luise damals passiert ist. Wie wurde sie zu Malum? Warum ist ihre Kammer so geheim? Warum spricht niemals jemand über sie?“ Trix stützt energisch die Hände in die Hüfte.

Lu steht auf. „Lasst uns das herausfinden!“

„Und wie?“

„Na, wir könnten sie doch einfach fragen.“

„Bist du sicher, dass das eine gute Idee ist?", nervös sieht Mina sich um. Doch rund um sie ist alles schwarz. Schwarz wie die Nacht. Nur durch den Vollmond und einige Sterne wird der Ort im Park etwas erleuchtet. Mina zittert wie Espenlaub. Zum Einen wegen der Kälte, zum Anderen kriecht leichte Angst in ihr hoch. Dieses Vorhaben, Malum mit einem Ritual um Mitternacht anzulocken, hat sie von Anfang an nicht besonders begeistert.

Trix und Lu scheinen ziemlich überzeugt von ihrem Plan. Sie legen große, weiße Steine am Boden auf und formen damit ein riesiges M.

Mina ist skeptisch. „Ach und ihr glaubt, Malum fliegt über uns hinweg, sieht dieses Zeichen und denkt sich – Hey! Da steht ein M, M für Malum. Ich sollte wohl mal dort hinschauen."

Trix wirft ihr einen genervten Blick zu. „Hast du eine bessere Idee?"

„Nein."

„Dann würde ich sagen, du hilfst uns und stehst da nicht wie eine Vogelscheuche herum."

Mina grummelt mürrisch vor sich hin, prüft mit ein paar ängstlichen Blicken nochmals die dunkle Umgebung und bückt sich dann doch, um weitere Steine aufzulegen.

Als das M schließlich fertig ist, ziehen die drei mit unzähligen weißen Kerzen einen Schutzkreis, stellen sich in Position und warten.

Sie warten.

Und warten.

Mina wagt kaum ihre entschlossenen Freundinnen anzusehen. Sie flüstert: „Sollten wir vielleicht irgendetwas sagen?"

Lu räuspert sich. „Ähm... ja, wahrscheinlich." Sie überlegt, doch Be-

schwörungszauber waren bisher noch kein Inhalt ihres Unterrichts.
„Steht in dem Buch von Marie-Luise nichts? Sie hat doch tausend verschiedene Zaubersprüche darin notiert?", versucht Mina einen erneuten Vorstoß.
„Aber keinen, womit sie sich selbst heraufbeschwört", antwortet Lu leicht gereizt. Sie ist selbst verärgert, dass sie so unvorbereitet an dieses Ritual herangegangen ist.
Trix kichert. „Also ich befürchte, fast das macht so keinen Sinn. Wir stehen hier nun schon seit über einer Stunde und langsam befinden sich an der Stelle, wo einmal meine Zehen waren, Eisbrocken."
Lu macht sich daran die Kerzen auszupusten.
Mina verschränkt die Arme. „Also ich will ja wirklich nicht angeben, aber ich hab es euch gesagt."
„Sei still!", tönt es ihr zweistimmig genervt entgegen und Mina beschließt ihre Freundinnen besser nicht mehr zu reizen. Gemeinsam räumen sie enttäuscht die Steine und Kerzen weg und machen sich danach auf den Weg zurück in ihr Zimmer.
Plötzlich bleibt Mina stehen.
„Wie wäre es mit einem Zaubertrank? Wir könnten Kräuter aus Marie-Luises Schrank verwenden. Vielleicht wird sie von dem Duft angelockt?"
„Das ist gar keine so schlechte Idee." Trix klopft ihrer Freundin anerkennend auf die Schulter und gähnt dabei. „Aber bitte erst morgen früh, ich bin total erledigt."

Minas Finger arbeiten schnell und geschickt. Sie zerstößt gerade die letzten Körner mit dem Mörser, als Trix keuchend das Zimmer betritt. „Es war gar nicht so einfach dieses Gestrüpp hier reinzuschmuggeln."
Sie öffnet ihren schwarzen Mantel und bringt eine Pflanze zum Vorschein.
„Trix!" Mina sieht ihre Freundin entgeistert an. Wieso hast du denn das ganze Ding ausgegraben?" Trix stellt die Pflanze auf den Boden. Die Erde rieselt dabei über den Teppich.
„Vorsicht!", ruft Lu, doch es ist zu spät. Ein großer, brauner Fleck ziert bereits den bunten Stoff.
Trix hebt entrüstet die Hände. „Was? Du hast doch gesagt du brauchst Beerenklaue?"
„Ja schon, aber doch nicht die ganze Pflanze." Mina schüttelt amüsiert den Kopf. „Es reichen doch drei Blätter."
„Dann musst du dich nächstes Mal genauer ausdrücken." Trix putzt sich ungerührt die dreckigen Hände mitten im Zimmer ab.
„Trix!", ruft Lu entgeistert.
„Was denn? Ist doch jetzt auch schon egal. Wo kann ich helfen?"
Lu schüttelt den Kopf und drückt ihr einen Besen in die Hand. „Erst mal kannst du den Dreck da jetzt wieder wegmachen. Der Zaubertrank ist ohnehin gleich fertig."
Mina hackt die letzten Blätter klein und wirft sie in das zischende und brodelnde Gebräu. Der Dampf verfärbt sich in allen möglichen Farben des Regenbogens und breitet sich langsam im ganzen Zimmer aus. Mina strahlt vor lauter Begeisterung und wagt kaum sich zu bewegen. Neugierig beobachten sie die Blasen, die im Kessel aufplatzen. Doch

nach ein paar Minuten löst sich der Dampf langsam auf und nichts passiert.
Enttäuscht realisieren die drei Mädchen, dass auch ihr zweiter Plan gescheitert ist.
„Vielleicht soll es einfach nicht sein." Lu zuckt resignierend mit den Schultern. „Vielleicht ist es einfach nicht unsere Bestimmung, sie heraufzubeschwören."
Mina nickt zustimmend.
„Ja. Vielleicht ist die Sache wirklich eine Nummer zu groß für uns."
„Jetzt macht aber mal halblang." Trix sieht ungläubig von einer zur anderen. „Gerade mal der zweite Versuch ist fehlgeschlagen und ihr wollt jetzt schon aufgeben?"
Lu kaut auf ihrer Unterlippe. „Ja, ich weiß ja auch nicht. Aber mir fällt gerade echt nichts ein wie wir sie herlocken könnten."
„Lasst uns einfach eine Nacht darüber schlafen. Morgen sieht die Welt schon wieder ganz anders aus." Trix legt jeweils einen Arm um eine ihrer Freundinnen und klopft ihnen aufmunternd auf die Schulter.
„Ich wünschte Zrak wäre jetzt hier", seufzt Mina leise.
„Zrak?" Trix blickt ihre Freundin fragend an.
„Das wollte ich euch ja die ganze Zeit erzählen. Zrak ist ein kleiner, blauer Drache. Ich habe ihn vor einiger Zeit kennen gelernt. Als ich ... naja ... meinen Höhenflug hatte."
Lu schmunzelt. „Ein Drache also."
„Ja, warum? Ich weiß das ist etwas seltsam." Mina lächelt in sich hinein.
„Nein, nein, hier in Heavenport ist gar nichts seltsam." Lu lacht. „Aber bei mir war es eine Eule. Die Eule Hava."
„Das ist ja lustig. Jede von uns hat zur gleichen Zeit einen tierischen

Freund gefunden sozusagen." Trix schüttelt ungläubig den Kopf.
„Du auch?" Mina sieht sie belustigt an.
„Jawohl. Einen Feuervogel." Stolz blickt Trix von einer zur anderen. „Antena ist mächtig, mutig und wunderschön. Genau wie ich."
Alle drei lachen und genießen das befreiende Gefühl, bevor Trix sie wieder an ihren Plan erinnert. „Wenn wir davon ausgehen, dass unsere drei Freunde uns zur Seite stehen, wenn wir nicht mehr weiter wissen, dann sollten sie doch eigentlich jetzt auch hier sein oder nicht?"
Mina zuckt mit den Schultern und ihr entkommt ein schiefes Grinsen. „Wahrscheinlich sind wir noch nicht verzweifelt genug."

Sechs

Am nächsten Morgen ist Lu immer noch ratlos und deshalb auf dem Weg in die Bibliothek. In ihrem Kopf herrscht gähnende Leere und das kommt eigentlich sehr, sehr selten vor. Seitdem sie aktiv an ihrer Kraft, dem Gedankenlesen arbeitet, hat sie diese Fähigkeit viel besser unter Kontrolle. Die Gedanken anderer Leute überschwemmen nun nicht mehr ungefragt ihren Kopf. Lu nützt es gezielt, um Informationen zu erhalten, sie kann es ein- und ausblenden wie sie es gerade braucht. Darüber ist sie besonders froh. Es ist schließlich nicht besonders angenehm, ständig die Sorgen und Probleme ihrer Mitmenschen zu hören. Außerdem war Lu oft schockiert, was in den Gedanken mancher Menschen vorgeht und vor allem auch darüber, dass das, was sie sagen, mit dem, was sie denken ziemlich oft nicht übereinstimmt.

Umso praktischer ist es deshalb, die Fähigkeit aktiv einsetzen zu können. Diese Gabe hilft ihr oft dabei, Menschen besser einschätzen zu können.

Als Lu gerade die Tür zur Bibliothek öffnen will, spürt sie plötzlich eine Hand auf ihrer Schulter. Erschrocken fährt sie herum.

Doch es ist nur Madame Sermina, die sofort einen Schritt zurück weicht.

„Bitte entschuldige mein Kind, ich wollte dich nicht erschrecken."

„K ... kein Problem. Was gibt es denn?" Lu versucht ihre Stimme wieder normal klingen zu lassen, doch die Begegnung mit Malum hat sie geprägt. Seither ist sie sehr schreckhaft geworden.

„Ich wollte mit dir bezüglich der Wahl deines Spezialfaches sprechen. Hast du dir schon einmal überlegt, ob du dich für Zaubersprüche entscheiden würdest?"

Lu´s Herz beginnt heftig zu schlagen. Sie hat gehofft, von Madame Sermina angesprochen zu werden.
„Ja, also ich würde sehr gerne Zaubersprüche als Spezialfach wählen. Und es wäre toll, wenn sie meine Mentorin sein würden." Sobald sie den Satz ausgesprochen hat, sausen in ihrem Kopf wieder tausend Gedanken hin und her.
„Natürlich, mein Kind, natürlich. Dann würde ich vorschlagen, dass du dich gleich dafür einträgst, damit wir sofort mit der Arbeit beginnen können." Madame Sermina lächelt ihre Schülerin zufrieden an.
„Vielen, vielen Dank!" Lu strahlt über das ganze Gesicht und beschließt gleich noch in der Bibliothek den Anmeldeschein auszufüllen.

Sieben

Mina sitzt immer noch mit leerem Blick vor dem Zauberkessel, als Trix das Zimmer betritt.
„Was ist dir denn für eine Laus über die Leber gelaufen?"
Trix betrachtet das Häufchen Elend, in das sich ihre Freundin verwandelt hat. Missmutig zuckt Mina mit den Schultern.
„Sag bloß du grübelst noch immer wegen des misslungenen Zaubertrankversuchs?" Trix lässt sich neben Mina auf den Boden fallen. Mina zuckt mit den Schultern.
„Du weißt aber schon, dass unsere Idee mit dem Mitternachtsritual genauso wenig funktioniert hat?"
„Darum geht es nicht!" Mina zieht mit ihren Armen die Knie fest an den Körper und stützt ihr Kinn darauf. „Ich hab einfach Angst nicht gut genug zu sein."
„Ha!" Trix lacht laut auf. „Gerade du. Wolltest du nicht erst noch vor gar nicht allzu langer Zeit der ganzen Menschheit erzählen, dass du die tollste Magierin der Welt bist?"
„Das ist nicht lustig." Mina starrt immer noch gerade vor sich hin.
Trix beobachtet ihre Freundin genau und rutscht dann ganz nahe an sie heran. Sie legt ihren Kopf auf Minas Schulter. „Denk nicht so viel nach. Du bist wirklich gut. Diese ganze Sache mit Malum ist eben nicht so einfach. Nicht umsonst hat uns Bofrat so eindringlich davor gewarnt. Lass den Kopf nicht hängen!"
Plötzlich blickt Mina sie entschlossen an.
„Ich muss einfach noch mehr über die verschiedenen Kräuter und ihre spezielle Wirkung herausfinden." Sie rappelt sich auf und schnappt ihren Korb. „Ich bin im Wald, falls du mich suchst", ruft sie ihrer Freun-

din noch über die Schulter zu.
Trix blickt ihr grinsend hinterher. „Geht doch“, murmelt sie und schüttelt den Kopf.

Kurze Zeit später stapft Mina suchend durch das dunkle Geäst. Bisher herrscht in ihrem Korb noch gähnende Leere. Sie hat sich das Kräutersammeln wirklich etwas einfacher vorgestellt. Ratlos blickt sie sich um. Eigentlich hat sie nicht so wirklich einen Plan, wo sie anfangen soll. Plötzlich hört sie ein Knacksen im Gebüsch. Ruckartig dreht sie sich um.

„Wer ist da?“, fragt sie mit leicht zittriger Stimme in Richtung des Geräusches. Doch es kommt keine Antwort. Stattdessen knackst es hinter einem anderen Baum erneut. Schnell fährt Mina herum. Doch sie kann die Ursache der Geräusche nicht ausmachen.

Als sie überlegt, ihr Vorhaben abzubrechen und wieder zurück zur Schule zu gehen, beobachtet sie eine Bewegung. Sie macht einen Schritt zurück und stößt gegen einen Baum. Unsicher versucht sie jeden Winkel ihrer Umgebung im Auge zu behalten.

Da passiert etwas, womit sie nicht gerechnet hat.

Überall beginnt es zu wuseln, aus den Büschen, hinter den Felsen und aus Erdlöchern kommen plötzlich viele kleine Waldelfen hervor. Sie kichern und begutachten Mina neugierig. Erst hat sie Angst vor den ungewohnten, kleinen Kreaturen, doch als sie bemerkt, dass sie ihr nichts Böses wollen, fasst sie Vertrauen.

Ein kleiner Elf kommt direkt auf sie zu. Seine spitzen Ohren unterstreichen sein schelmisches Grinsen und seine grüne Kleidung lässt ihn fast mit der Umgebung verschmelzen. Er trippelt langsam auf sie zu und hält ihr einen Strauß Blätter entgegen. Mina lächelt und nimmt ihm die Blätter mit einem höflichen „Vielen Dank“ ab. Da erst betrachtet sie den Strauß näher und was sie sieht, lässt sie erstarren. Der Elf hat ihr doch tatsächlich Beifuß gebracht. Sie hat diese Pflanze noch nie live und in Farbe gesehen. Die Wirkung der Blätter ist unfassbar. Als sie ihren Blick von der Pflanze losreißen kann bemerkt sie, dass sich alle Elfen rund um sie versammelt haben und ihr ein jeder Blüten, Wurzeln oder Blätter entgegenstreckt.

Mina hat alle Hände voll zu tun, alles in ihren Korb zu packen. Gerade will sie sich bei den Elfen bedanken, da sind sie auch schon verschwunden. So schnell und unscheinbar wie sie gekommen sind, sind sie auch wieder weg.

Mina kann ihr Glück kaum fassen, als sie auf dem Rückweg den Inhalt ihres Korbes genauer betrachtet. Sie kommt aus dem Staunen nicht heraus als sie Kerbel, Baldrian und sogar Wermut entdeckt. Die unendlichen Möglichkeiten, die ihr diese Pflanzen bringen, lassen Minas Fantasie regelrecht explodieren. Begeistert läuft Mina so schnell sie kann in Richtung Schule.

Eines weiß sie nun ganz genau: ihr Spezialgebiet wird eindeutig Zaubertrank.

Acht

Als die drei Freundinnen nach einer weiteren Stunde in Elementekunde das Klassenzimmer verlassen, tauschen sie sich angeregt über die Wahl ihrer Spezialfächer aus. Vor lauter Begeisterung bemerken sie nicht einmal die neugierigen Blicke, mit denen sie von ihren Mitschülern am Gang beäugt werden.

Trix ist die Erste, der das Gemurmel auffällt.

„Was?", fährt sie eine Gruppe von Mädchen an, die am Schulgang die Köpfe zusammenstecken und sie unverhohlen anstarren. Schnell drehen sie sich weg.

„Na was ist? Hat es euch jetzt die Sprache verschlagen?" Trix schüttelt den Kopf.

„Achtung, die drei Lichter kommen!", ruft ein Mädchen am Ende des Ganges und alle kichern.

Die drei Mädchen sehen sich an.

„Hä?" Trix ruft dem Mädchen zu. „Was ist los? Welche Lichter?"

„Na du und deine beiden Freundinnen. Ihr seid doch die drei Auserwählten. Die ganze Schule hat auf euch gewartet." Das Mädchen grinst vielsagend.

Mina bleibt stehen. „Wovon redet sie?"

„Ich habe keine Ahnung." Lu runzelt die Stirn. „Wahrscheinlich weiß sie das selber nicht so genau." Doch als sie weitergehen will hört sie plötzlich wieder die Gedanken.

„Da sind die Auserwählten."

„Schau, die drei magischen Lichter kommen."

Lu fasst sich an den Kopf. Die Stimmen schmerzen. Sie stechen ganz fest und breiten sich in ihrem Kopf aus. Lu kneift ihre Augen zusam-

men.
„Was soll das?“ Sie wendet sich ihren Freundinnen zu. „Wisst ihr etwas, das ich nicht weiß?“
Mina hebt unschuldig die Hände. „Ich höre das auch zum ersten Mal.“
Lu sieht ihre Freundinnen genau an. Misstrauisch versucht sie zum ersten Mal seit sie sich begegnet sind ihre Gedanken zu lesen. Wissen sie wirklich nichts?
„Was tust du da?“ Trix´ Blick verrät, dass sie Lu´s Vorhaben genau durchschaut hat. „Ist das dein Ernst? Ich dachte es ist klar, dass wir unsere Fähigkeiten niemals gegen uns verwenden?“
„Ich ... ja, also ich...“, stammelt Lu verlegen.
Doch Trix winkt enttäuscht ab. „Ok - wow. Du glaubst also echt, wir wissen worum es hier geht?“
„Vertraust du uns denn nicht?“ Mina blickt Lu verletzt an.
Als sie es ausspricht, erkennt sie, dass sie mit ihrer Aussage vermutlich gar nicht so falsch liegt.
Lu zögert mit der Antwort. Sie zögert etwas zu lange.
Trix hebt abweisend ihre rechte Hand. „Okay, stopp.“ Sie dreht sich um und geht.
Mina zögert. Sie hasst es, wenn sie sich zwischen ihren beiden Freundinnen entscheiden muss. „Mensch Lu!“ Sie lässt die Schultern hängen und sieht ihre Freundin traurig an. Doch Lu ist noch immer mit den vielen verwirrenden Gedanken beschäftigt. Sie kann sie einfach nicht abstellen. Mina schüttelt enttäuscht den Kopf und folgt dann Trix ins Zimmer.

Oh nein! Da scheint sich eine Krise zwischen unseren Mädchen anzubahnen. Liegt es wirklich an den Gerüchten, die in der Schule um sie

kursieren? Bröckelt das bisher so starke Vertrauen zwischen den Dreien? Oder liegt es vielleicht daran, dass sie durch das Verhalten der Mitschülerinnen wieder in ihre Vergangenheit zurück versetzt wurden? Zurück in eine Zeit, in der sie es gewohnt waren Außenseiter zu sein und kichern und Geläster an der Tagesordnung standen.
Diese Wunden scheinen noch nicht ganz verheilt zu sein. Na dann hoffen wir mal, dass das Band zwischen unseren Mädchen nur etwas verdreht und nicht eingerissen ist. Geht es kaputt, kann das ungeahnte Folgen haben ...

Als sie die Zimmertür öffnet, sitzt Trix gerade auf dem Bett und starrt auf den Kleiderkasten. Die Tür des Kastens öffnet sich alle paar Sekunden und knallt wieder zu. Immer und immer wieder.
Mina setzt sich zu Trix auf das Bett.
„Was soll das bedeuten? Die drei Auserwählten? Auserwählt wofür?"
Trix zuckt mit den Schultern. „Ich habe doch auch keine Ahnung. Vielleicht hat es etwas mit Malum zu tun."
Mina wendet ihrer Freundin das Gesicht zu. „Mit Malum? Wie kommst du darauf?" Sie klingt misstrauisch.
„Ich weiß auch nicht. Ich hab mir nur gedacht, vielleicht hat das mit unserem Kampf doch jemand mitbekommen?"
„Hast du es jemandem verraten?" Mina rutscht ein Stück ab.
Trix sieht sie erstaunt an. „Nein? Warum sollte ich?"
„Naja, es wäre ja nicht das erste Mal, dass du ein Geheimnis ausplauderst", murmelt Mina in sich hinein.
Wutentbrannt springt Trix auf. „Das ist nicht fair. Du weißt genau, dass ich das nicht mit Absicht gemacht habe."
„Vielleicht hast du es dieses Mal auch nicht mit Absicht gemacht?"

Mina kann Trix nicht ansehen. Sie streift die Falten auf der Bettdecke gerade.
Trix schüttelt stumm den Kopf. „Jetzt fängst du also auch noch an. Das kann ich gerade echt nicht brauchen. Lass mich doch einfach in Ruhe!"
Schnell schnappt sie ihren Besen und verlässt wütend das Zimmer.
Mina sieht ihr ratlos nach. Was ist denn eigentlich los? Sie ist enttäuscht. Enttäuscht von ihrem eigenen Misstrauen ihren Freundinnen gegenüber. Aber ist sie die Einzige? Wohl kaum. Hat sie sich wirklich so sehr in Lu und Trix getäuscht? Gerade noch waren die Drei ein Herz und eine Seele, schmiedeten Pläne, wie sie das Geheimnis von Marie-Luise Müller aufdecken könnten. Und jetzt? Diese dummen Gerüchte über ihr „Auserwähltsein"! Mina bemerkt, dass sich in ihr ein längst in Vergessenheit geratenes Gefühl breit macht.
Das Gefühl des „Andersseins". Wie damals in der alten Schule. Sie fühlt sich wieder alleine und sonderbar. Nicht ein einziges Mal war es ihr bisher hier in Heavenport so ergangen. Stets waren Trix und Lu an ihrer Seite. Bei ihrem allerersten Streit hat es nicht lange gedauert bis sie sich wieder versöhnt haben.
Das erinnert Mina an Zrak, den kleinen, blauen Drachen. Beim Gedanken an ihn, spürt sie ein schmerzhaftes Stechen in der Magengegend.
Sie vermisst den kleinen Zrak. Gerade jetzt, wo sie sich so allein fühlt, würde ihr seine Gegenwart gut tun. Aber sie weiß ja noch nicht einmal, wo er damals hergekommen ist. Vielleicht sollte sie sich auf die Suche nach ihm machen.

Neun

Mina

Mina steht auf und betritt den Flur. Sie sieht sich um. Niemand zu sehen.
Als sie am Ende des Gangs nach rechts abbiegt, steht plötzlich ein Mädchen mit blondem, gelockten Haar und blauen, eigenartigen Augen vor ihr. Mina ist sofort gefesselt von ihrem Blick. Diese Augen. Sie haben etwas .... Magisches. So ein intensives, helles Blau hat Mina noch nicht gesehen. Es erinnert sie an etwas. Doch sie weiß nicht an was.
„Hi", sagt das Mädchen plötzlich. „Ich bin Mimi. Ich bin neu hier." Sie streckt ihr die Hand entgegen. Mina schüttelt sie höflich. „Mina, freut mich."
Mimi lächelt. „Könntest du mich vielleicht etwas herumführen? Ich kenne hier noch niemanden und es würde mir wirklich helfen, wenn ich mich etwas besser zurecht finden könnte."
Mina überlegt kurz. Eigentlich wollte sie ja Zrack suchen. Aber das Mädchen scheint nett zu sein und sie kann ihre anfänglichen Orientierungsschwierigkeiten hier in Heavenport nur zu gut nachvollziehen.
„Klar, kein Problem. Komm, ich zeig dir mal die Klassenräume. Die wirst du wohl am häufigsten brauchen."
Mina grinst und deutet Mimi ihr zu folgen.

Lu

Lu sieht das Mädchen am Tisch neben sich neugierig an. Sie sitzt jetzt schon seit zwei Stunden in der Bibliothek und sie war bereits da als sie

herein kam. Sie ist so in ihr Buch vertieft, dass sie Lu gar nicht bemerkt hat. Lu legt interessiert den Kopf schief, um den Titel ihres Buches zu erkennen.
„Zaubersprüche im Gedankenflug – Die Praxis des stummen Zauberns"
Lu´s Augen leuchten.
„Entschuldige bitte", spricht sie das Mädchen an. „Hast du das Buch aus der Bibliothek ausgeliehen?"
Das Mädchen hebt erstaunt den Kopf. Sie scheint als hätte sie gar nicht wahrgenommen, dass außer ihr überhaupt noch jemand in diesem Raum war.
„Ja, hab ich. Warum?"
„Der Titel klingt toll. Kannst du mir vielleicht Bescheid geben, wenn du damit fertig bist? Dann würde ich es mir nämlich gerne für mein Spezialfach ausleihen."
Jetzt scheint das Interesse des Mädchens geweckt. „Hast du auch Zaubersprüche als Spezialgebiet?"
Lu nickt und lächelt. „Du auch?"
„Ja und ich bin gerade so froh, dass ich endlich ein passendes Buch für die Theorie gefunden habe. Es war gar nicht so einfach etwas übers Gedankenlesen zu finden. Ich beschäftige mich nämlich im Speziellen damit, musst du wissen." Das Mädchen lächelt Lu freundlich an.
„Das glaube ich nicht. Ich auch!" Lu lacht. „Oh Nein, entschuldige, ich hab mich noch nicht einmal vorgestellt. Ich heiße Lu."
„Mimi", sagt das blonde Mädchen mit den blauen Augen und lächelt.

Trix

Als Trix gerade die Bücher in den Spind legt hört sie leises Fluchen neben sich. Sie schließt die Spindtür und beobachtet ein kleines, zartes Mädchen, das an einem Vorhängeschloss herumnestelt. Die Anstrengung ist ihr ins Gesicht geschrieben. Ihre Stirn ist in Falten gelegt und sie spitzt ihre Lippen, so sehr zieht und probiert sie an dem Schloss herum. Ihr Gesicht ist vor lauter Anstrengung schon ganz rot.
„Kann ich dir irgendwie helfen?“ Trix lehnt sich an den Spind und verschränkt amüsiert die Arme. „Nein danke!“, antwortet das Mädchen verbissen und zieht noch etwas fester.
Trix grinst. „Bist du dir da sicher?“
Das Mädchen sieht wirklich aus als würde sie dringend Hilfe benötigen.
„Absolut.“ Es würdigt sie jedoch keines Blickes.
Also zuckt Trix mit den Schultern und macht sich auf den Weg. „Wie du meinst.“
Plötzlich scheint es sich das Mädchen doch anders zu überlegen. „Warte kurz.“
Trix bleibt stehen und grinst in sich hinein. „Ja?“ Wusste sie es doch.
„Du hast da was verloren.“ Das Mädchen hält ihr ihren Zauberstab unter die Nase. Mist. Der musste ihr irgendwie aus der Tasche gefallen sein.
Trix greift schnell zu. „Danke ... äh ...“
„Mimi“, antwortet das Mädchen und mit einem Ruck öffnet sich endlich das Spindschloss. Das Mädchen hält die Arme auf und drei Bücher rutschen plötzlich aus dem Fach direkt in ihre Hände. „Wow.“ Trix beobachtet sie beeindruckt. „Das nenne ich gekonnt. Wie machst

du das?“
„Was?“ Mimi schließt den Spind. „Die Sache mit den Büchern? Kinderspiel. Alles eine Frage der Willensstärke.“ Sie grinst. „Kann ich dir zeigen, wenn du willst. Hast du Zeit?“
Trix zögert. Eigentlich wollte sie sich bei ihren Freundinnen entschuldigen. Die Auseinandersetzung liegt ihr noch schwer im Magen. Aber andererseits könnten schließlich auch Mina oder Lu den ersten Schritt machen.
„Klar habe ich Zeit. Wir können sofort loslegen.“

Mina

„Und das hier ist der Saal für Zaubertränke. Hier brauen wir immer die unglaublichsten Mischungen“, schwärmt Mina mit funkelnden Augen, als sie die Tür zu ihrem Lieblingsraum öffnet.
„Wahnsinn, sieht ja echt mega schön aus.“
Mimi streift mit den Fingern über die Steinplatten der Übungstische. Sie deutet auf die Glasvitrinen an der Wand. „Können wir uns die Kräutersammlung noch ansehen?“
Mina lächelt stolz. „Natürlich, wenn dich das interessiert?“
„Sehr sogar!“ Mimi läuft zur ersten Vitrine und kann ihre Begeisterung kaum verbergen.
„Das ist ja unglaublich. Dürft ihr diese Kräuter alle benutzen?“
„Dürfen WIR“, verbessert Mina. „Du bist ja jetzt auch eine Schülerin von Heavenport, also hast du genau den gleichen Zugang zu den vielen tollen Zutaten wie wir.“
Mimi strahlt. Ihre blauen Augen leuchten hell, fast schon etwas zu hell für Minas Geschmack. Aber sie freut sich, endlich eine Gleichgesinnte

gefunden zu haben. „Ich finde es toll, dass du dich auch für Zaubertränke interessierst."
Mimi blickt sie erstaunt an. „Wer denn nicht?"
Mina streift nachdenklich über das Glas der Vitrine. „Naja, meine Freundinnen zum Beispiel. Die finden viele andere Dinge spannender."
Mimi zuckt mit den Schultern. „Versteh ich nicht. Es gibt doch nichts Spannenderes als zu beobachten, wie die verschiedenen Elemente in Kombination reagieren und welche Wirkung das Zusammenspiel der einzelnen Zutaten aufeinander hat."
Mina lächelt. Sie beginnt diese Mimi zu mögen. Wer weiß, vielleicht hat sie hier ihre neue beste Freundin vor sich. Sie genießt es jemanden gefunden zu haben, der genau so zu sein scheint wie sie und ihre Liebe zu Kräutern und Zaubertränken teilt.
Ganz kurz denkt sie an Lu und Trix, verwirft den Gedanken an die beiden aber rasch. Was kümmern sie die beiden, wenn sie jetzt Mimi hat?

Lu

Lu streckt sich, um an das Buch im obersten Fach zu gelangen. Auf Zehenspitzen hüpfend erwischen ihre Fingerspitzen gerade den Buchrücken und sie zieht daran. Das Buch rutscht aus dem Regal und fällt geradewegs in Mimis Hände.
„Juhu geschafft." Diese jubelt und hält lachend das Buch hoch.
Lu nimmt ihr das Buch aus der Hand. „Schau mal hier."
Sie schlägt eine Seite auf und deutet auf den Inhalt. „Hier findest du total spannende Ansätze wie du Zaubersprüche so kreieren kannst, dass der Zauber nicht sofort durch den ausgesprochenen Text verraten

wird. Ein verschlüsselter Zauberspruch quasi."
Mimis Augen weiten sich. „Davon habe ich ja noch nie gehört. Woher weißt du so etwas?"
Lu zögert. Sie kann und will nicht verraten, dass sie diesen Tipp aus Marie-Luises Buch hat. Also greift sie zu einer kleinen Notlüge.
„Eine Freundin hat es mir gezeigt."
Bei dem Gedanken an Marie-Luise und ihre geheime Vergangenheit wird Lu wehmütig. Als würde Mimi das bemerken, schnappt sie Lu am Arm und zieht sie zu einem der Tische in der Bibliothek.
„Los jetzt, lass uns gleich damit anfangen, selber Sprüche auszudenken. Ich kann es kaum erwarten loszulegen. Mein Kopf ist voller Gedanken."
Mimis Freude ist ansteckend und Lu verdrängt rasch den Gedanken an Mina und Trix. Ihre Freundinnen können ihr doch wirklich gestohlen bleiben. Diese Mimi scheint ihr wirklich ähnlich zu sein. Lu fühlt sich immer wohler in ihrer Anwesenheit. Also schnappt sie sich die vielen, zusammengesammelten Bücher, Zettel und Stifte und breitet alles auf dem Tisch aus.
„Los geht's!"

Trix

Trix beobachtet ungläubig mit welcher Ruhe und Gelassenheit Mimi die Gegenstände am Tisch in Position bringt. Wie ein Ballett tanzen die Hefte und Stifte nach ihrer Regie. Mit einem Anflug von Neid erkennt Trix, dass sie noch sehr, sehr viel üben muss um an diese Präzision zu gelangen.
„Wie zum Teufel machst du das?", seufzt Trix als sie zum dritten Mal

einen Stift auf den Boden schleudert anstatt ihn sorgfältig neben den anderen zu platzieren.

Mimi lacht. „Übung macht den Meister. Aber jetzt komm. Ich glaube du brauchst einen freien Kopf. Lass uns eine Runde fliegen."

Bei dem Gedanken erhellt sich Trix´ Miene augenblicklich.

„Aber da gibt es ein kleines Problem." Mimi zögert.

„Was denn?"

„Ich hab letzte Woche meinen Besen etwas ... naja sagen wir einmal ... unschön auf den Boden aufgesetzt. Jedenfalls ist er gerade in der Reparatur. Könntest du mir vielleicht einen borgen?"

Trix schüttelt den Kopf. „Wie denn? Ich hab doch auch nur den einen."

„Naja aber du hast doch Mitbewohnerinnen, oder?" Mimi zuckt ungerührt mit den Schultern. „Lass uns doch die fragen."

Trix verschränkt die Arme und ihre Miene wird steinern. „Kommt gar nicht in Frage."

Mimi zieht erstaunt die Augenbrauen hoch. „Oje, wunder Punkt?"

Energisch schüttelt Trix den Kopf. „Ich hab nur absolut keine Lust mit denen zu reden. Also nein. Nächster Vorschlag?"

„Keine Ahnung. Dann können wir halt nicht fliegen gehen." Mimi lässt den Kopf hängen.

Das geht Trix aber nun so richtig gegen den Strich. „Weißt du was? Ich muss sie ja nicht fragen. Ich weiß sowieso wo ihre Besen sind. Komm!"

Mimi hält inne. „Bist du sicher? Werden die dann nicht sauer?"

„Mir doch egal." Trix schnappt Mimis Hand und zieht sie in Richtung ihres Zimmers.

Zehn

Zielstrebig öffnet Trix Mina´s Schrank und greift nach dem Besen. In diesem Moment geht die Tür auf und Lu kommt herein. Als sie Trix bemerkt, bleibt sie wie angewurzelt stehen.
„Was machst du da?“
„Geht dich das was an?“, entgegnet Trix frech und zieht den Besen heraus.
„Denkst du nicht, dass Mina etwas dagegen hat, wenn du einfach ungefragt ihren Besen nimmst?“ Lu sieht Trix herausfordernd an.
„Auf die Gefahr hin, mich zu wiederholen: Geht dich das was an?“ Trix schließt den Kasten und hält Minas Besen demonstrativ vor sich.
„Wozu brauchst du den überhaupt? Du hast doch deinen eigenen?“ Lu deutet mit dem Kopf auf Trix´ Besen der an der Wand neben ihrem Bett lehnt.
„Also nochmal frage ich dich nicht. Scheint heute nicht in dein Superhirn zu gehen.“ Trix schnappt sich ihren Besen und will mit beiden gerade zur Tür gehen als diese aufgeht und Mina herein kommt.
„Du kommst gerade Recht.“ Lu deutet mit ausgestreckter Hand auf Trix und deren volle Arme.
„Was willst du denn mit meinem Besen?“ Mina klingt überrascht.
„Ihn ausborgen! Keine Sorge, du bekommst ihn heil zurück. Macht's gut.“ Trix versucht sich schnell aus dem Zimmer zu stehlen, doch Mina stellt sich ihr in den Weg.
„Moment mal. Was soll denn das? Du kannst doch nicht einfach mir nichts dir nichts an meine Sachen gehen!“
Lu hebt die Hände. „Wisst ihr was? Macht euch das unter euch aus.“
Mina verdreht die Augen. „War klar, dass du dich wieder aus dem Staub

machst, wenn es ungemütlich wird."
Lu bleibt stehen und dreht sich mit funkelnden Augen zu Mina um. „Was soll das denn nun wieder heißen?"
„Dass du immer sofort aufgibst wenn es kompliziert wird. Aber mach nur, ist eh deine Sache."
Die Fronten sind verhärtet. Keine der drei Mädchen sagt mehr ein Wort. Die Stille im Raum ist eisig und unerträglich.
Da ertönt plötzlich ein vertrautes Geräusch.
Etwas schleift über den Boden.
Mina ist die Erste die reagiert. Sie kennt dieses Kratzen.
„Zrak?" Sie fährt herum. Und da sind sie. Die großen blauen Augen, die sie halb vorwurfsvoll, halb liebevoll ansehen. Als sich Mina gerade bückt um Zrak zu streicheln, spürt sie einen Lufthauch. Sie dreht sich um und staunt nicht schlecht, als sie zu ihrer Linken eine Eule mit unglaublich großen Augen und zu ihrer Rechten einen atemberaubend schönen Vogel entdeckt. Mit seinem leuchtend roten Gefieder ist er nicht zu übersehen.
Lu wendet sich der Eule zu: „Hava? Was machst du denn hier?"
Hava blickt schweigend von einer zur anderen. „Die Frage ist wohl eher: Was macht ihr hier?"
Die Mädchen sehen sich an, wenden sich dann aber sofort wieder voneinander ab.
Da hebt der Feuervogel Antena plötzlich einen seiner mächtigen Flügel und zieht mit dem Schnabel eine Kette hervor.
„Mein Amulett!", rufen alle drei Mädchen gleichzeitig. Verdutzt sehen sie sich an.
„Wie euer Amulett?" Mina sieht von einer zur anderen. „Das ist das Amulett, das ich bei uns auf dem Dachboden gefunden habe."

Trix greift nach der Kette und Antena legt es ihr sofort in die Hände. „Nein. Ich habe dieses Amulett vor Jahren von meiner Großmutter geschenkt bekommen. Antena muss es aus meiner Lade genommen haben."

„Darf ich einmal sehen?" Lu tritt näher an Trix heran und begutachtet den Anhänger. „Ich habe genau das Gleiche. Die Farben sind etwas anders."

In dem Moment hebt auch Hava ihre Flügel und offenbart eine Kette mit einem bunten Anhänger. „Das! Genau das ist meines!" Lu deutet auf die Eule und Hava reicht das Amulett in Lus Richtung.

Auch Zrak wühlt nun in seinem flauschigen Fell und das dritte Schmuckstück kommt zum Vorschein.

„Das ist unglaublich." Die drei Mädchen halten die Anhänger ehrfürchtig in ihren Händen. Je näher sie einander kommen umso deutlicher wird, dass diese Anhänger zusammen gehören.

Sie halten die Stücke schließlich Teil an Teil und es bildet sich ein vollkommender Kreis mit einer verschnörkelten Öffnung in der Mitte. Die Farben gehen nahtlos ineinander über und es scheint als würde es kaum eine Unterbrechung zwischen den drei Teilen geben.

Sprachlos stehen Mina, Lu und Trix eine Weile da und staunen über die vollkommene Einheit ihrer Amulette.

Plötzlich bricht Mina in Tränen aus.

Sofort nehmen Trix und Lu sie in den Arm. Alle Wut, der ganze Ärger und die Enttäuschung sind vergessen.

„Mina, was ist denn los?" Besorgt streichelt Lu ihr über das Haar.

„Ich verstehe einfach nicht was hier los ist", schluchzt Mina in Trix´ Schulter. „Aber was auch immer hier gerade passiert, eines ist doch jetzt wohl klar. Wir drei gehören zusammen und nichts sollte uns je-

mals wieder trennen!“
Und so stehen sie wieder wie eine Einheit da und umarmen sich. Halten sich fest. Ganz fest.

Wieder einmal kommen Hava, Antena und Zrak genau im richtigen Moment. Der Riss in der Verbundenheit meiner drei Mädchen ist immer länger und länger geworden und beinahe wäre sie zerbrochen.
Die Scherben der bisher so innigen Freundschaft wären schwer wieder zu richten gewesen. Da hätte auch die mächtigste Magie nicht helfen können.

Elf

Ein paar Minuten später sitzen die drei Mädchen immer noch eng umschlungen auf dem Boden, mit dem Rücken an Lus Bett angelehnt. Sie starren auf die Amulette und keine sagt ein Wort.
Lu ist die Erste die ihre Sprache wiederfindet.
„Wo sind eigentlich die Tiere hin?" Suchend blickt sie sich um.
Trix zuckt mit den Schultern. „Bei meiner ersten Begegnung ist Antena auch ganz plötzlich aufgetaucht und wieder verschwunden."
Mina muss bei dem Gedanken an Zrak lächeln und lehnt sich an Lus Schulter.
Da springt Trix plötzlich auf. „Verdammt." Sie läuft zur Tür und springt auf den Gang. Kurze Zeit später kommt sie jedoch wieder ins Zimmer.
„Na toll. Ich hab komplett auf sie vergessen."
„Auf wen?" Mina und Lu sehen sie fragend an.
„Auf Mimi. Sie hat auf mich gewartet, wir wollten ja Besenfliegen. Deshalb wollte ich ja auch ... also ich meine deinen ..." Schuldbewusst sieht Trix auf den Boden. Die Aktion mit Minas Besen ist ihr mittlerweile furchtbar unangenehm.
Doch Mina winkt ab. „Lass uns das bitte vergessen, okay? Aber ich wusste gar nicht, dass du Mimi schon kennst."
Trix wirkt erstaunt. „Wieso? Du kennst sie auch?" Lu sieht von einer zur anderen. „Sprechen wir hier gerade alle von derselben Mimi? Blonde Haare und blaue Augen?"
„Eisblau", ertönen alle drei im Chore und lachen schließlich.
„Wie lustig, ich hab sie heute Nachmittag in der Schule herumgeführt und ihr alle Klassenräume gezeigt."
Lu schüttelt den Kopf. „Nein, dann mein ich jemand anderes. Die

Mimi, die ich meine, war den ganzen Nachmittag mit mir in der Bibliothek und hat Bücher zum Thema Zaubersprüche durchgewälzt."
Trix runzelt die Stirn. „Das finde ich jetzt echt etwas seltsam. Ich hab mit Mimi ebenfalls den kompletten Nachmittag verbracht. Sie hat mir in ihrem Zimmer gezeigt, wie ich meine Fähigkeiten verbessern kann. Aber sie war definitiv blond und hatte eisig blaue Augen."
In dem Moment kommt Bewegung in Lus Gedanken. „Moment. Mir kommt gerade ein Verdacht. Ein ziemlich gruseliger Verdacht, zugegebenermaßen."
Die beiden Mädchen sehen sie gespannt an.
„Was ist, wenn wir uns wirklich alle zur gleichen Zeit mit der gleichen Person getroffen haben?"
Trix winkt ab. „Wie soll das gehen? Kein normaler Mensch kann an drei Orten gleichzeitig sein."
Doch im selben Moment, kaum haben die Worte ihren Mund verlassen, wird ihr etwas bewusst und sie sieht ihre Freundinnen entgeistert an.
„MALUM!", entkommt es allen gleichzeitig.
Lu nickt schockiert. „Du hast Recht. Kein NORMALER Mensch. Aber ich bin mir sicher, Malum könnte das."
Mina schlägt erschrocken die Hand vor den Mund. „Oh mein Gott – ihr habt Recht."
„Vermutlich wollte sie unser Vertrauen gewinnen, um uns einzeln zu erwischen", mutmaßt Lu.
„Und beinahe hätte sie das auch geschafft", murmelt Trix und greift wie zur Bestätigung nach den Händen ihrer beiden Freundinnen.
Mina drückt ihre Hand ganz fest. „Aber wieso ist sie jetzt plötzlich wieder erschienen? Und warum als Mimi?"

„Naja, als Malum hätten wir ihr wohl kaum unser Vertrauen geschenkt“, antwortet Lu.

Mina nickt und Lu überlegt laut weiter: „Sie kam genau zu dem Zeitpunkt als es mir am Schlechtesten ging, weil ich mit euch gestritten habe. Ich war so wütend!“

„Ich auch! Und sehr enttäuscht“, fügt Mina hinzu.

„Weil es uns schlecht ging ... Als sie das letzte Mal erschienen ist, da ging es uns auch nicht gerade gut. Das war doch kurz vor der wichtigen Prüfung in Elementekunde, oder?“, überlegt Trix.

In dem Moment fällt es Lu wie Schuppen von den Augen.

„Es ist so logisch.“ Sie fasst sich selbst an die Stirn. „Wir haben uns so darauf versteift, dass Malum aus den Anfangsbuchstaben von Marie-Luise Müller besteht, dass wir das Wesentlichste völlig übersehen haben!“

Trix und Mina hängen an ihren Lippen. „Was? Was haben wir übersehen?“

Lu atmet tief ein bevor sie fortfährt:

„Malum – das ist Latein. Und es bedeutet: das Böse!“

Zwölf

„Ich denke wir wissen jetzt wie wir sie anlocken können." Trix Stimme klingt entschlossen und voller Tatendrang.
Mina nickt. „Wir müssen negative Energie erzeugen. Es muss uns oder vielen anderen schlecht gehen. Wir müssen streiten, eifersüchtig sein oder Stress erzeugen."
„Aber eines dürfen wir nicht vergessen: Wir wissen zwar jetzt, wie wir sie anlocken können, doch auf die Frage, wie wir sie bekämpfen können haben wir immer noch keine Antwort!", gibt Lu zu bedenken.
„Mit einem normalen Zauberspruch oder -trank auf jeden Fall nicht. Das steht fest. Dazu ist sie zu mächtig." Lu überlegt. „Vielleicht sollten wir weiter denken. Aus unseren gewohnten Mustern und Gedankengängen heraus. Wir brauchen etwas Außergewöhnliches."
Trix steht auf. „Dann lasst uns keine Zeit verlieren. Jede von uns hat eine besondere Begabung. Nicht umsonst haben wir bereits unsere Prüfungsschwerpunkte festgelegt. Wir müssen besser werden als gut."
„Wir müssen außergewöhnlich sein." Mina steht ebenfalls auf.
Lu schließt sich den beiden an. Sie hängen sich ihre Amulette um den Hals und halten die Anhänger für einen Moment zusammen. Mina blickt ihren beiden Freundinnen in die Augen. „Vielleicht sind wir ja wirklich die Auserwählten?"

Die nächsten Tage verbringen die Mädchen damit sich vorzubereiten. Mina sucht Rat bei Miraculina. Diese gibt ihr den Tipp aus bekannten, guten Zaubertrankrezepten etwas Neues zu kreieren. Die gewohnten Kräuter mit neuen, eher unbekannten zu ersetzen.
Das Mädchen stürzt sich sofort in die Arbeit und verbringt Stunden

damit die Wirkungen der verschiedensten Blüten, Blätter, Rinden und Wurzeln auszutesten.
Auch Trix nimmt Kontakt mit ihrer Betreuungslehrerin auf. Dynamica sieht sich Trix´ Flugkünste an und lobt ihre tadellose Technik. Doch dann sagt sie etwas, das Trix zum Nachdenken anregt.
„Du bist gut, Trix. Du bist wirklich sehr gut. Aber wenn du außergewöhnlich sein willst, musst du etwas wagen, das sonst niemand kann. Wenn es einfach wäre, dann würde es ja jeder machen. Dann wäre es gewöhnlich." Mit diesen Worten lässt sie Trix und ihren Besen alleine.
Trix verbringt Stunden auf ihrem Besen. Ihre Handflächen und Beine sind schon ganz wund. Doch am Ende hat sich ihre Mühe ausgezahlt – sie hat verstanden, was Dynamica ihr sagen wollte.
Lu beobachtet die Fortschritte ihrer Freundinnen genau und wird immer verzweifelter. Sie selbst steckt fest. Sie sitzt seit vielen, vielen Stunden vor einem weißen Blatt Papier und bringt keinen einzigen Spruch zustande. Natürlich ist ihr Kopf voller guter Zaubersprüche. Aber keiner davon scheint ihr passend.
Gerade als sie wieder in der Bibliothek sitzt und vor Verzweiflung den Kopf auf die Tischplatte sinken lässt, tritt Madame Sermina an ihre Seite.
„Was hast du denn, mein Kind? Liegt dir etwas am Herzen?" Lu wirft ihrer Lehrerin einen verzweifelten Blick zu. „Ich komme einfach nicht weiter. Ich möchte einen wirklich außergewöhnlichen Zauberspruch kreieren. Doch alle Sprüche und Wörter, die mir einfallen, erscheinen mir nicht gut genug."
Madame Sermina lächelt. Sie nimmt Lu den Stift aus der Hand und zeichnet auf das weiße Blatt neun Punkte. Dann gibt sie Lu den Stift zurück und deutet auf das Papier. „Verbinde die Punkte mit vier gera-

den Strichen ohne den Stift abzusetzen."
Lu will sofort ansetzen, hält aber kurz davor inne und beginnt zu überlegen. Sie grübelt und grübelt, setzt an verschiedenen Stellen an und legt schließlich den Stift weg.
„Das ist unmöglich Madame Sermina."
Die Lehrerin nimmt den Stift und zeichnet die erste Linie durch drei Punkte. Nach dem dritten Punkt verlängert sie die Linie jedoch und schafft es somit den richtigen Winkel für die weiteren Striche zu bekommen. Ohne Probleme verbindet sie die Punkte mit nur vier Strichen.
„Weißt du Lu, manchmal muss man aufhören nur in dem Rahmen zu denken, den man gewohnt ist. Nur durch den Schritt aus dem vorgegebenen Raster, konnte ich das Problem lösen. Denk darüber nach."
Sie zwinkert der staunenden Lu zu und legt ihr den Stift wieder in die Hand.
Als hätte sich in dem Moment ein Knoten in Lus Kopf gelöst fließen die Gedanken durch ihren Arm in ihre Fingerspitzen und Lu beginnt zu schreiben.

Dreizehn

Ein paar Tage später sitzen die Mädchen wie gewohnt im Speisesaal beim Abendessen. Alles wirkt normal. An den Tischen herrscht fröhliche Stimmung: die Nachwuchszauberer unterhalten sich angeregt und lassen sich das Essen schmecken. Alle, außer Lu, Mina und Trix. Sie werfen sich aufgeregte Blicke zu. Keine hat bisher ihr Essen angerührt. Sie bringen keinen Bissen hinunter.

Heute soll es stattfinden. Sie wollen nun endlich ihren Plan in die Tat umsetzen.

Lu blickt Trix und Mina entschlossen an und nickt. Es ist Zeit.

Trix flüstert ihrer Sitznachbarin etwas ins Ohr. Diese sieht sie empört an, steht dann auf und geht zu einem anderen Tisch.

„Was fällt dir eigentlich ein so etwas zu erzählen?“, rempelt sie ein anderes Mädchen an.

„Was ist denn dein Problem?, schießt ihr als Antwort entgegen.

Während die zwei Mädchen heftig diskutieren, sind Lu, Mina und Trix damit beschäftigt, weiter schlechte Stimmung zu verbreiten.

Lu benützt ihre Kraft und setzt gezielt negative Gedanken in die Köpfe ihrer Mitschüler. Geschickt schafft sie es, ein Netz aus Boshaftigkeiten zwischen den Jugendlichen zu spinnen.

Trix stiert konzentriert auf eine Mitschülerin. Plötzlich fällt das Mädchen auf den Boden, als hätte ihr kurz zuvor jemand ein unsichtbares Bein gestellt. Triumphierend streckt Trix Mina ihre offene Handfläche entgegen um sich ein High-Five zu holen.

Mina lacht und klatscht ein. „Gut gemacht! Deine Kraft wird langsam echt nützlich. Mach weiter so, ich glaube es funktioniert.“

Sie sieht sich aufgeregt im Speisesaal um. Bald entsteht ein lautes Cha-

os aus Wortgefechten und Beschimpfungen. Die Stimmung kocht und die drei Mädchen beobachten mit Argusaugen jede Bewegung im Raum.
Und tatsächlich.
Schwarzer Rauch gleitet am Boden entlang und verbreitet sich. Trix bemerkt ihn als Erste, rempelt die beiden anderen entschlossen an und greift nach ihrem Besen, den sie unter der Bank versteckt hielt.
Der Rauch wird immer größer und mächtiger und verbreitet sich in rasender Geschwindigkeit.
In Windeseile stellen sich Mina, Trix und Lu in Position. Lu wiederholt in Gedanken immer wieder ihren mühevoll gestalteten Zauberspruch und hält mit ihren Fingern ihren Zauberstab fest hinter dem Rücken. Mina umfasst mit ihrer rechten Hand das kleine Fläschchen mit dem Zaubertrank in ihrer Jackentasche. Sie zittert und atmet tief ein und aus. Sie darf bloß keinen Tropfen verschütten. So hart hat sie an dem Trank gearbeitet.
Schließlich entsteigt Malum in ihrer vollen Pracht aus dem schwarzen Rauch. Das Gesicht kreidebleich, die Augen schwarz wie die Nacht und die Hörner furchteinflößend in die Höhe stehend. Trix schwingt sich sofort auf ihren Besen und fliegt in schwindelerregender Höhe und unglaublicher Geschwindigkeit um Malum herum. Sie vollzieht einen Looping nach dem Anderen und erzielt dabei den gewünschten Effekt: Malums Augen verfolgen Trix wie gebannt und plötzlich verliert sie die Orientierung. Mit einer Hand am Tisch abgestützt, versucht sie das Gleichgewicht nicht zu verlieren. Auf diesen Moment haben Mina und Lu gewartet. Mina schleudert das kleine Fläschchen mit dem Elixier direkt auf Malums Oberkörper. Als es auf ihrem Körper aufkommt, zerspringt das Glas und mit einem gewaltigen Zischen verbreitet sich

der Trank über ihren ganzen Körper. Im gleichen Moment hält Lu ihren Zauberstab auf die Böse und spricht energisch und mit voller Kraft den Zauberspruch:

„Malum „das Böse“ ist in dir erwacht,
hat dich zum finsteren Schatten gemacht.
Als Fluch der Schule treibst du dein Unwesen,
doch deine Zeit ist jetzt gewesen!
Mit diesem Spruch werden wir dich kriegen,
du wirst jetzt deinem eigenen Bann erliegen:
Malum perdere!

Malum schreit auf. Die Mädchen halten die Luft an.
Doch dann passiert es.
Malums Schrei verwandelt sich in ein lautes, hämisches Lachen.
Ihre Augen sammeln sich wieder und das Kleid trocknet innerhalb von Sekunden. Sie zeigt mit ausgestrecktem Zeigefinger auf die drei Mädchen und lacht immer lauter und immer boshafter.
Ängstlich fassen sich die Mädchen an den Händen.
Es hat nicht funktioniert.
„Was machen wir jetzt?“, fragt Mina zitternd.
„Haben wir einen Plan B?“ Trix sieht Lu hoffnungsvoll an. Diese schüttelt langsam den Kopf. „Auf Plan B bin ich nicht vorbereitet.“
Trix beobachtet Malum mit großen Augen. „Okay. Dann haben wir jetzt ein Problem.“
Gerade als sich die Böse aufbäumt und den Zauberstab auf die Mädchen richten will, ertönt ein lauter Knall und ein helles Licht erfüllt den Raum. Malum kreischt auf und sackt auf die Knie.

Die Mädchen sehen sich erstaunt um.
Im Türrahmen steht Oberzaubermeister Bofrat. Er hält seinen Zauberstab auf Malum und murmelt halblaut einen Zauberspruch.

„Vomica peribit"

Sein Blick fixiert die Böse und aus seinem Zauberstab trifft beißendes Licht auf ihren Körper. Eine Sekunde später ist Malum verschwunden. An der Stelle, wo sie gerade noch stand, ist nur noch ein schwarzer Fleck, der langsam kleiner wird und sich schließlich ebenfalls in Luft auflöst.
Bofrat eilt auf die Mädchen zu und schließt sie in seine Arme.
„Geht es euch gut?" Er atmet tief durch und sieht seine Schützlinge besorgt an. Die Mädchen nicken. „Ja. Oberzaubermeister, es tut uns wirklich leid. Wir haben uns wohl überschätzt!", gibt Lu geknickt zu.
Der Zaubermeister nickt und sieht sich dann im Raum um. Doch alle anderen Schülerinnen und Schüler sind immer noch benommen von der dunklen Macht und liegen mit den Köpfen regungslos auf den Tischen.
„Bevor ich mich um meine anderen Schützlinge kümmere, muss ich etwas Wichtiges mit euch besprechen. Hört zu Mädchen. Ich habe gehofft dieses Gespräch nicht führen zu müssen, doch meine Befürchtung hat sich leider nun bewahrheitet."
Die Mädchen sehen sich ängstlich an.
„Ihr habt ja die Gerüchte über die drei Lichter gehört, oder?"
Die drei nicken.
„Das sind nicht nur Gerüchte. Es ist wahr. Ihr drei seid die Auserwählten, die magischen drei Lichter." „Was bedeutet das?" Lu findet als

Erste ihre Sprache wieder.
„Nun, ihr habt Malum ja leider schon persönlich kennen gelernt. Sie ist der Fluch, der bereits seit vielen, vielen Jahren auf dieser Schule liegt. Bisher hat niemand, selbst ich nicht, es geschafft, sie zu bekämpfen. In den Büchern steht geschrieben, dass nur die Kombination aus diesen magischen drei Lichtern es vollbringen kann."
„Aber wir haben es doch gerade versucht?" Trix sieht den Oberzaubermeister verzweifelt an. „Es hat nicht funktioniert. Was ist wenn wir gar nicht die echten magischen Lichter sind?"
Oberzaubermeister Bofrat lächelt. „Doch das seid ihr. Ganz bestimmt. Ich kann euch leider nicht sagen wie ihr sie bekämpfen könnt. Dazu benötigt ihr ganz spezielle Kräfte. Ich weiß nur eines. Ihr werdet es schaffen."

Na das kann ja noch heiter werden. Die armen, armen Mädchen. So hart haben sie in den letzten Wochen gearbeitet, um über sich hinauszuwachsen. Das alles hat nicht gereicht, um Malum zu besiegen. Sie ist wohl doch zu mächtig. Doch was meint Oberzaubermeister Bofrat mit ganz speziellen Kräften? Mal sehen, ob die Mädchen noch dahinterkommen, was das Geheimnis von Marie-Luise Müller war, wie sie zu diesen Kräften kommen und vor allem: wie sie Malum besiegen können...

Teil Vier

Einige Wochen später ist der Gedanke an Marie-Luise Müller zwar schon etwas verblasst, aber noch nicht komplett aus den Köpfen der Mädchen verschwunden. Vor allem Trix hat damit zu kämpfen, jetzt einfach aufzugeben. Missmutig sitzt sie in ihrem Zimmer auf dem Bett, die Arme verschränkt, den Blick starr auf den Boden gerichtet. Ihre Augenbrauen ziehen sich so fest zusammen, dass sie einen dunklen Strich über Trix´ Augen bilden.

„Schau nicht so mürrisch." Mina legt Trix tröstend den Arm um die Schulter.

„Ich schaue mürrisch, wann und sooft ich will!", gibt Trix maulend zurück. „Außerdem finde ich, dass ich im Moment allen Grund dazu habe... Ich kann und will nicht akzeptieren, dass wir uns in einer Sackgasse befinden!"

Lu beobachtet ihre Freundin ratlos und seufzt. „Ich doch auch nicht, Trix. Aber wir zermartern uns nun schon seit Wochen das Hirn und kommen auf keine Lösung!"

„Oberzaubermeister Bofrat ist ja auch lustig. Erst setzt er uns einen Floh ins Ohr von wegen: Ihr seid die Auserwählten und müsst eure magischen Kräfte benutzen", äfft Trix den Schulleiter nach. „Und was kommt dann? Zack. Bumm. Nichts. Kein Rat, keine Hilfe, kein Tipp! Wir sind völlig auf uns allein gestellt. Sehr nett." Ihr Blick ist wieder versteinert.

Minas Augen werden weich. Sie versucht Trix zu besänftigen. „Ich bin davon überzeugt, dass wir das schaffen. Wir haben nur irgendetwas übersehen."

„Und was soll das sein?" Lu steht auf und setzt sich zu ihren Freundin-

nen aufs Bett. „Wir haben doch schon alles durchgedacht." Sie stützt ihr Kinn in ihre Hand und ihr Blick folgt dem von Trix ins Leere.
Mina schüttelt ungläubig den Kopf. Sie steht auf.
„Das kann doch nicht war sein. Miss Superschlau und Miss ´Lass uns alles sofort und gleich anpacken´ geben auf?" Sie sieht die beiden Mädchen herausfordernd an. Trix hebt den Kopf und Mina meint, wieder ein leichtes, rötliches Flackern in ihren Augen zu erahnen.
„Du hast Recht. Aufgeben tut man nur einen Brief." Trix erhebt sich ebenfalls. „Also gut, dann lasst uns noch einmal in Marie-Luises Zimmer schauen. Auch wenn wir alles zum hundertsten Mal durchforsten müssen. Irgendwo muss doch einfach ein Hinweis versteckt sein."
Mina grinst breit. „So gefällst du mir schon besser. Komm Lu." Sie streckt ihrer Freundin die Hand entgegen. Widerstrebend greift diese danach und bildet mit Mina und Trix einen Kreis. Sie fassen sich an den Händen und sind einen Moment später auch schon verschwunden.

„Ich bin mir sicher, wir übersehen hier etwas." Lu blättert das Jahrbuch durch. Neben den normalen Einträgen wie Klassenfotos, Berichten und Zeichnungen sind diverse Zeitungsartikel auf die Seiten geklebt. Marie-Luise hat sie akribisch gesammelt und nach Datum geordnet eingeklebt.

„Ich glaube, es hat etwas mit den Artikeln zu tun", überlegt Lu laut.

Trix dreht sich um. „Lies mal ein paar vor. Vielleicht macht es dann Klick bei einem von uns?"

„Heavenport gratuliert der Gewinnerin des diesjährigen Zauberwettbewerbes: Marie-Luise Müller!"

„Durchbruch in der Zauberei: Schülerin Marie-Luise M. lässt Besen von selbst fliegen!"

„Außergewöhnlich! Als jüngste Teilnehmerin aller Zeiten darf Marie-Luise M. am Kurs Personenverwandlung teilnehmen!"

Lu sieht ihre Freundinnen an. „Und so geht es weiter und weiter. Wollt ihr noch mehr hören?"

Mina schüttelt den Kopf. „Was sagt uns das jetzt? Marie-Luise war eine außergewöhnliche Schülerin hier in Heavenport, aber das erklärt uns noch nicht, was mit ihr passiert ist."

„Außergewöhnlich? Ich würde eher sagen, sie war die beste Schülerin, die diese Schule je hatte. Gib mir mal das Ding." Trix greift nach dem Jahrbuch und zieht es Lu aus den Händen. Da löst sich plötzlich der Umschlag auf der Rückseite des Buches und ein ganzer Stapel Zettel fällt auf den Boden. „Nanu?" Mina greift verwundert nach den Notizen. „Wo kommt das denn her?"

Trix dreht und wendet das Jahrbuch, kann jedoch keine Öffnung am

Buchumschlag feststellen.
„Was ist das?“ Lu setzt sich neugierig an Minas Seite.
Diese liest die erste Seite laut vor. „Der Kampf gegen das Böse.... Sieht aus als hätte sie das selber geschrieben. Hier ist eine Liste von allen möglichen bösen Eigenschaften. Neid, Eifersucht, Gier, Jähzorn, und so weiter und so weiter.“ Mina blättert einen Zettel nach dem anderen durch. „Das sind alles Notizen von Marie-Luises Forschung! Zauberspruchversuche und Zutaten für einen Trank. Alles dreht sich um den Kampf gegen das Böse.“ Irritiert lässt sie die Blätter auf ihren Schoß sinken. „Denkt ihr dasselbe wie ich?“
Trix nickt langsam. „Die Verrückte wollte wirklich das Böse bekämpfen.“

Lu marschiert im Zimmer auf und ab. Trix beobachtet sie dabei mit hochgezogener Augenbraue. „Ist das nicht normalerweise meine Aufgabe?“

Doch Lu lässt sich nicht beirren. Sie ist komplett in ihre Gedanken versunken und murmelt vor sich hin. „Das kann doch nicht ihr Ernst gewesen sein. Das Böse bekämpfen! Das funktioniert doch nicht. Ohne Böses gibt es doch auch kein Gutes.“ Sie schüttelt den Kopf. „Marie-Luise muss absolut größenwahnsinnig gewesen sein.“

Mina überlegt laut. „Wahrscheinlich war sie das auch, bei all diesen Siegen und Erfolgen.“ Sie deutet auf die Zeitungsartikel im Jahrbuch.

Da bleibt Lu plötzlich stehen. „Du hast Recht. Sie war größenwahnsinnig. Der ganze Ruhm ist ihr zu Kopf gestiegen und ich vermute stark, dass ihr Zauber nach hinten los gegangen ist.“

„Und sie hat das Böse nicht weggezaubert, sondern in sich hinein“, beendet Trix Lus Gedanken.

„Ganz genau!“ Lu nimmt ihre Brille ab und reibt sich die Augen. „Das macht echt Sinn.“

„Die Frage ist nur, was wir mit dieser Information jetzt anfangen?“ Mina blickt von einer Freundin zur anderen.

Lu setzt sich die Brille wieder auf. „Erst einmal gar nichts. In fünf Minuten beginnt der Unterricht. Wir sollten unter keinen Umständen zu spät kommen. Auffallen und irgendwo noch mehr Aufmerksamkeit auf uns ziehen ist das letzte, das wir bei unseren geheimen Ermittlungen jetzt brauchen können.“ Sie sieht ihre Freundinnen und vor allem Trix eindringlich an. „Ich denke es ist klar, dass ihr nichts, aber auch gar nichts irgendjemandem verraten dürft oder?“

Die beiden Freundinnen nicken.

„Gut. Dann kommt, es hat schon geläutet."

„Wenn sich also die Erde zwischen Mond und Sonne schiebt, entsteht die sogenannte Mondfinsternis. Stück für Stück wird das Licht der Sonne von der Erde verdeckt und der Mond somit nicht mehr beleuchtet."
Lu hebt die Hand. „Und was hat eine Mondfinsternis dann mit diesem Blutmond zu tun?"
Die Lehrerin wechselt das Bild auf der Tafel. „Das ist ein kosmisches Ereignis, das nur selten am Himmel zu bestaunen ist. Der Vollmond ist zu diesem Zeitpunkt so nahe bei der Erde, dass er ungewöhnlich groß erscheint. Dann bezeichnet man ihn auch als Supervollmond. Der Mond taucht in den Schatten der Erde und solange er vollständig im Erdschatten ist, wird er nur von sogenanntem langwellligem Licht beleuchtet." Wieder schießt Lus Hand nach oben.
„Ja bitte, Ludmilla?" Die Lehrerin lächelt.
„Aber ich habe immer noch nicht verstanden warum das Ganze jetzt Blutmond heißt."
„Dazu kommen wir gleich. Der Mond ist von der Erde aus auch auf dem Höhepunkt der Finsternis zu sehen, allerdings in einem schwachen, rötlichen Licht. Und bevor du jetzt gleich fragst, warum dieses Licht rot ist..." Die Lehrerin hängt ein weiteres Bild an die Tafel und fährt fort. „Ein Teil des Sonnenlichts, das auf die Erde strahlt, wird von der Erdatmosphäre gebrochen und wie von einer Linse in den Erdschatten gelenkt. Gleichzeitig werden die blauen Anteile des Lichts viel stärker in die Atmosphäre gestreut. Das bedeutet, dass nur die roten Wellen zum Mond durchkommen und ihn im roten Licht erscheinen lassen."
Lu nickt staunend und die Lehrerin spricht weiter.

„Vor allem für uns Magier ist die Zeit des Blutmondes eine ganz besondere Zeit. Die Magie, die in der Luft liegt, ist sehr deutlich zu spüren und wir reagieren extrem sensibel auf diverse Zauber.“

In dem Moment kündigt die Schulglocke das Ende der Stunde an und die Schüler verlassen den Raum für die große Pause.

„Welchen Unterricht haben wir denn jetzt?“, fragt Trix, während sie die Bücher in ihre Tasche räumt. Lu zieht strahlend ihren Zauberstab hervor. „Zaubersprüche!“, ruft sie mit Begeisterung.

Trix lässt sich zurück in ihren Sessel fallen. „Aja genau. Mein Lieblingsfach.“ Sie verdreht die Augen und die Ironie in ihrer Stimme ist kaum zu überhören.

Lu streift sie mit einem missbilligenden Blick. „Du bemühst dich ja auch gar nicht es zu verstehen.“

Trix legt die Füße auf den Tisch und verkreuzt die Arme vor dem Körper. „Weil es mich nicht interessiert und aus.“

Lu schüttelt den Kopf und schiebt energisch Trix´ Beine vom Tisch. „Madame Sermina kommt gleich. Wenn sie dich so sieht, hast du wieder eine Menge Ärger am Hals.“

Im selben Moment erscheint die Lehrerin auch schon in der Tür. Hinter ihr drücken sich noch schnell ein paar Mitschüler in dem Raum, um noch vor dem Gong auf ihrem Platz zu sitzen.

Madame Sermina legt mit einem lauten „Tusch“ einen großen Stapel Bücher auf den Tisch und lächelt zufrieden.

„Heute ist eine der wichtigsten Stunden in diesem Semester. Ich bitte euch gleich fleißig mitzuschreiben, denn die Informationen die ich euch nun mitgebe, werden maßgeblich für eure weitere Zukunft als Magier sein.“

Sie wendet ihren Schülern den Rücken zu und beginnt an der Tafel zu

schreiben. Wobei, eigentlich beginnt sie viel mehr zu zeichnen.
Die Jungmagier beobachten sie gespannt.
Kurze Zeit später befindet sich auf der schwarzen Tafel ein großer Kreis. Er hat eine schwarze und eine weiße Hälfte, die ineinander verschlungen sind. In der weißen Seite befindet sich ein schwarzer Punkt und in der schwarzen ein weißer.
„Yin und Yang", flüstert Lu gebannt und macht sich sofort Notizen in ihrem Heft.
Trix beobachtet sie dabei. „Was schreibst du denn da? Sie hat doch noch nicht mal etwas gesagt?" Statt eine Antwort zu geben schneidet Lu nur eine Grimasse und kritzelt weiter.
„Wie bei allen Bereichen des Lebens gibt es auch in der Zauberei immer entgegengesetzte und dennoch aufeinander bezogene Kräfte. Eines funktioniert nicht ohne das andere. Beide Seiten fließen ineinander und haben Auswirkungen aufeinander. Zusammen sind sie die Gesamtheit, der ewige Kreislauf."
Lu schreibt fleißig alles mit und ihre Augen leuchten, während ihre Finger immer schneller über das Blatt fliegen. Doch plötzlich hält sie inne. Die Lehrerin hat gerade etwas gesagt, das ihre Aufmerksamkeit in ganz besonderem Maße erregt hat.
Auch Mina scheint aufgeregt zu sein, denn sie wedelt mit ihrem rechten Zeigefinger wild in der Luft, um Madame Sermina auf sich aufmerksam zu machen. „Ja Mina?"
„Könnten sie das bitte noch einmal wiederholen?"
„Natürlich. Ich meinte gerade, dass es vor allem in der Zauberei von wesentlicher Bedeutung ist, einen Gegenpart zu haben. Das heißt: Jeder Zauber muss einen Gegenzauber haben! Sonst ist er nicht komplett. Jeder Zauber muss durch diesen Gegenzauber aufzulösen sein.

Das ist eine der wichtigsten Grundregeln die jeder Zauberer wissen muss."

Mina nickt mit offenem Mund und sieht ihre Freundinnen an. Die beiden erwidern ihren Blick. Lu nickt entschlossen.

„Ich weiß, was ihr denkt", flüstert sie. „Auch für Marie-Luises Zauber muss es einen Gegenzauber geben."

„Ganz genau." Mina nickt zustimmend. „So können wir sie von dem Fluch befreien!"

„Wir müssen zurück in ihre Kammer." Trix sieht die beiden Mädchen entschlossen an.

„Ja, aber bitte erst nach der Stunde." Lu widmet ihre Aufmerksamkeit wieder der Lehrkraft an der Tafel.

„Dort! Der kleine Zettel!“ Mina zeigt aufgeregt auf ein kleines Stück Papier das unter dem Teppich hervorblitzt.
Lu greift sofort danach. „Tatsächlich.“ Sie staunt. Dass sie so schnell fündig werden würden, damit hat sie eindeutig nicht gerechnet.
„Lies doch vor!“ Trix klingt wie immer ungeduldig.

Sind alle Elemente am Himmel vereint,
das rote Licht durch sie scheint,
spiegelt vom tiefsten Punkt die Kraft sich wieder,
fällt der Zauberbann hernieder.

Stille. Die Mädchen sehen sich ratlos an.
„Das ist doch kein Zauberspruch!“ Trix klingt enttäuscht. „Wir haben wohl doch den falschen Zettel. Lasst uns weitersuchen!“
Doch Lu hebt die Hand und Trix hält inne.
„Warte. Ich glaube das ist schon der Richtige.“
„Aber ..“, versucht Mina stirnrunzelnd einzuhaken, doch Lu lässt sie gar nicht zu Wort kommen. „Das ist kein Zauberspruch, da habt ihr Recht. Ich glaube aber, dass uns dieser Spruch den Zauber verrät.“
„Du meinst wie ein Rätsel?“ Mina nimmt ihr den Zettel aus der Hand.
„Ja quasi wie ein Rätsel.“
Trix ist die Nächste die das Papier an sich nimmt. „Na dann: Lasst uns das Rätsel lösen!“
Lu geht zur Tür. „Schon, aber nicht hier. Ihr wisst doch, dass wir eigentlich gar nicht hier sein sollten.“
Trix winkt ab. „Ach was. Bofrat hat uns schon ewig nicht mehr er-

wischt. Aber wenn dir dann wohler ist, du Angsthase, dann lasst uns ins Zimmer gehen."
Mit Schwung öffnet sie die Tür und steht einem erstaunten und ziemlich verärgerten Oberzaubermeister gegenüber.

„Auf die Gefahr hin mich zu wiederholen, diese Kammer ist für euch verboten!"
Bofrat hat Mühe, nicht die Beherrschung zu verlieren. Bereits zehn Minuten stehen die Drei in Bofrats Büro und lauschen der Standpauke. „Ihr sollt weder durch die Tür gehen noch euch hineinbeamen oder sonstige Späße!"
Da betritt plötzlich Totoh den Raum. „Oberzaubermeister Bofrat, sie werden dringend für ein Gespräch benötigt."
„Kann das nicht..."
„Nein, es kann nicht warten. Ich sagte doch: DRINGEND!" Totoh macht auf dem Absatz kehrt und Bofrat folgt dem kleinen Elf. Im Türrahmen bleibt er allerdings noch einmal stehen.
„Ihr wartet hier. Ich bin noch nicht fertig." Er streift alle drei mit einem warnenden Blick und schreitet schließlich durch die Tür.
„Es ist so unglaublich unfair!" Trix stampft auf. „Wir sollen zwar Malum bekämpfen - was schier unmöglich scheint - aber sobald wir auch nur einen Hinweis finden, legt uns Bofrat Steine in den Weg. Ich kapier einfach nicht, was sein Problem ist." Vor lauter Wut holt Trix unkontrolliert aus und fegt den Schreibtisch des Oberzaubermeisters leer.
„Oh nein." Mina schlägt die Hände vor dem Mund zusammen. „Trix! Was hast du nur schon wieder gemacht."
Trix zuckt mit den Schultern. „Mir doch egal. Der kann mich mal. Wir

sollen ehrlich zu ihm sein? Ja klar und wann ist er ehrlich zu uns? Irgendetwas verheimlicht der Typ doch."

Lu bückt sich um das Chaos auf dem Boden zu beseitigen. „Jetzt hör auf herumzuschimpfen und hilf uns lieber deinen Schaden wieder zu richten."

Murrend kniet Trix nieder und rasch sind alle Gegenstände wieder an ihrem vorherigen Platz.

Da entdeckt Lu plötzlich eine kleine, offene Schatulle. Doch es ist nicht das Kästchen, das ihre Aufmerksamkeit erregt. Lu greift nach dem Holzstück und ihr stockt der Atem.

In der Schatulle liegt ein Amulett.

„Das gibt's doch nicht."

Trix und Mina sind ebenso erstaunt. Ihre drei Anhänger zusammengelegt ähneln diesem Schmuckstück wie ein Ei dem anderen.

„Ich glaub das nicht. Das kann doch kein Zufall sein." Trix greift ehrfürchtig nach dem Amulett, doch in dem Moment öffnet sich hinter ihr die Tür. Instinktiv lässt sie den Anhänger blitzschnell in ihrer Jackentasche verschwinden. Lu beobachtet sie dabei ängstlich. Sie blickt hektisch von Trix zu Bofrat und wieder zurück zu ihrer Freundin. Doch der Oberzaubermeister scheint davon nichts mitbekommen zu haben.

„Ich habe jetzt keine Zeit mehr für euch. Ich denke, ich habe mich vorher klar genug ausgedrückt. Und jetzt: Macht, dass ihr hier rauskommt." Er deutet mit ausgestrecktem Arm auf die Tür und die Mädchen beeilen sich den Raum zu verlassen.

Auf dem ganzen Weg ins Zimmer sprechen die drei Mädchen kein Wort. Doch kaum ist die Tür hinter ihnen ins Schloss gefallen, platzt es aus Lu heraus.

„Bist du völlig wahnsinnig? Du hast gerade unseren Schulleiter bestohlen!“
„Das ist gerade dein größtes Problem? Ernsthaft?“ Trix sieht Lu verständnislos an.
Diese schüttelt ungläubig den Kopf. „Äh ja! Definitiv!“
Trix zieht das Amulett heraus. „DAS hier ist unser Problem. Wieso hat Bofrat denselben Anhänger wie wir?“
Mina zittert. „Mädels das macht mir irgendwie Angst.“
„Mir auch.“ Lu lässt sich aufs Bett fallen. „Wo habt ihr euren Anhänger eigentlich her?“
„Von meinem Vater, er hat gemeint das Amulett sei über Generationen an mich vererbt worden.“ Trix lässt den Anhänger nachdenklich zwischen ihren Fingern baumeln. „Dasselbe hat meine Mutter auch gesagt.“ Lu wendet sich an Mina. „Und wie war das bei dir?“ Minas Augen werden glasig. „Ich hab meinen Anhänger auf dem Dachboden gefunden. Meine Mutter hat schon länger nicht mehr mit mir gesprochen.“ Ihre Stimme zittert und sie beißt sich auf die Unterlippe. Lu steht auf und nimmt ihre Freundin in den Arm. „Ist schon gut. Möchtest du uns davon erzählen?“
Mina seufzt und antwortet leise: „Es gibt nicht wirklich etwas zu erzählen. Ich habe nur das Gefühl, für meine Mutter bin ich niemand. Sie schien immer abwesend zu sein. Meine Geschwister und ich waren ihr vollkommen egal.“ Sie schüttelt den Kopf. „Versteht mich nicht falsch, ich hab sie wahnsinnig lieb, aber nach und nach hatte ich immer mehr das Gefühl, als hätte ich die Verantwortung für die Familie und nicht sie. Versteht ihr was ich meine?“
Trix und Lu nicken nachdenklich.
„Darum war wahrscheinlich auch dein sehnlichster Wunsch dich weg-

zaubern zu können. Wann immer du willst und wohin du willst." Trix legt ebenfalls eine Hand auf Minas Schulter.
Lu lehnt ihren Kopf an den ihrer Freundin. „Aber jetzt hast du uns. Für uns bist du absolut nicht NIEMAND."
Sie streift Mina langsam über das Haar. „Wisst ihr was ich glaube? Bofrat hat etwas mit unserer Vergangenheit zu tun."
Trix hält inne. „Du meinst er ist so etwas wie unser Opa?"
„Naja wohl eher Urgroßvater, Bofrat ist doch bestimmt schon einhundert Jahre alt. Außerdem kenne ich meine Großeltern."
„Stimmt, ich auch." Trix nickt.
„Also hat er uns die Ketten vererbt. Seinen Urenkeln quasi. Krass." Sie schüttelt ungläubig den Kopf. Da wird es ihr plötzlich bewusst: „Moment mal. Soll das heißen wir sind verwandt?"
Ihr Blick wandert halb erschüttert, halb belustigt von einer Freundin zur anderen. Minas Tränen sind so schnell verebbt, wie sie gekommen sind.
„Ja genau und wahrscheinlich war dann Marie-Luise auch noch Bofrats Schwester. Das ist doch verrückt."
Lu fasst Mina an beiden Armen und schiebt sie von sich weg um sie stirnrunzelnd anzusehen. „Ja genau. Das ist verrückt. Und genau deshalb bin ich mir ziemlich sicher, dass du gerade das größte Geheimnis der Schule gelüftet hast, Mina."

„Das ist einfach zu krass."
Die drei Mädchen sitzen am Boden im Kreis. Den Rücken haben sie aneinander gelehnt. Sie blicken ins Leere und versuchen die gerade gewonnene Erkenntnis irgendwie zu verarbeiten.
Trix findet als erste die Sprache wieder. „Das ist wirklich einfach zu krass. Ich pack das einfach nicht."
Lu antwortet: „Aber es macht Sinn. Deshalb ist es Bofrat auch so wichtig, dass wir Marie-Luise retten." Sie dreht sich um und sieht die beiden anderen an. „Also eines ist klar: Wir müssen Malum unbedingt von ihrem Fluch befreien. Wir dürfen sie dabei aber unter keinen Umständen verletzen."
„Das wird nicht einfach werden", seufzt Mina.
Trix steht auf. „Was ist schon einfach?" Sie reicht ihren Freundinnen die Hand. „Kommt, Cousinchens, oder was auch immer ihr jetzt für mich seid. Lasst uns mit der Lösung des Rätsels beginnen!"
Mina lächelt. „Du hast Recht. Wir haben schon viel zu viel Zeit verloren. Wie war nochmal der erste Satz?" Lu greift nach dem Zettel und liest vor:

„Sind alle Elemente am Himmel vereint."

„Die Elemente: Erde, Feuer, Wasser und Luft. Das haben wir doch schon gelernt. Aber was bedeutet es, dass sie am Himmel vereint sein sollen?" Trix zuckt mit den Schultern. „Lasst uns doch Essenzia fragen. Sie weiß schließlich alles über die Elemente."

Kurze Zeit später klopfen die drei Mädchen auch schon an Essenzias Tür. Die Lehrerin öffnet und wirkt erstaunt. „Nanu? Heute ist euer freier Tag. Was führt euch denn zu mir?“
„Die Elemente!“, schießt Trix hervor.
Essenzia lacht. „Achso? Die Elemente? Und wie genau kann ich euch damit helfen?“
Lu zeigt ihrer Lehrerin den Zettel mit dem Rätsel und als Essenzia den Spruch liest fällt ein tiefer Schatten über ihre Augen. Ihr Blick verändert sich und sie sieht die Mädchen plötzlich ernst an.
Mina erkennt die Veränderung in dem Ausdruck der Frau. „Es ist okay. Wir wissen bereits alles über Malum, Marie-Luise und sogar Oberzaubermeister Bofrat. Bitte helfen Sie uns. Wir wissen nicht weiter.“
Die sanfte Stimme des Mädchens berührt Essenzia und sie seufzt.
„Ich kann euch wirklich nicht viel sagen. Nur Eines: die Elemente liegen in euch.“
Als hätte sie bereits zu viel verraten, sieht die Lehrerin sich panisch um und schließt dann schnell die Tür.
Etwas ratlos sehen sich die Mädchen an.
„Na toll, ich bin jetzt auch nicht wirklich schlauer als vorher.“ Lu nimmt ihre Brille ab und reibt sich die Augen. Wie immer, wenn sie intensiv nachdenkt. Als sie die Brille wieder aufsetzt ist es, fällt es ihr wie Schuppen von den Augen.
„Natürlich. Die Eigenschaften der Elemente! Das Feuer ist wild, ungezügelt, forsch und kraftvoll.“ Sie wendet sich an ihre blonde Freundin. „Genau wie du Trix. Du bist das Element Feuer! Und du Mina bist eindeutig Wasser. Deine gefühlvolle Art, die künstlerische Ader, das ist alles typisch für dieses Element.“
Trix schlägt Lu auf die Schulter. „Und du sturer Bock bist eindeutig die

Erde."

Mina lacht. „In eurer Theorie gibt es trotzdem einen Haken. Wir sind nur zu dritt. Was ist mit dem Element Luft?"

Trix grinst. „Ausnahmsweise hätte ich da mal eine Idee." Sie legt ihre Finger an den Mund und pfeift.

Lu und Mina sehen sich irritiert an, doch eine Sekunde später wissen sie was Trix vorhat.

Ein mächtiger, roter Vogel schwebt durch den Raum und landet neben Trix auf dem Boden.

Im Moment darauf, als hätten sie gespürt, dass ihre Mädchen Unterstützung brauchen, finden sich auch Zrak und Hava im Zimmer ein.

„Wer soll besser das Element Luft darstellen als unsere drei Tiere?"

Lu legt Trix anerkennend die Hand auf die Schulter. „Dazu kann ich jetzt wirklich nichts mehr sagen - ich bin beeindruckt!" Die Mädchen lachen, doch Lu wird als Erste wieder ernst.

„Ist ja alles gut und schön, aber das Rätsel ist noch lang. Also wir haben nun die vier Elemente. Am Himmel vereint ... Was ist am Himmel vereint?"

„Sterne", schießt es aus Mina heraus.

Trix greift nach dem Rätsel. „Naja aber da steht ja: die Elemente sind am Himmel vereint."

„Dann müssen wir wohl in den Himmel", schlussfolgert Lu.

Mina und Trix sehen sie erschrocken an.

Lu deutet ihren Blick und lacht. „Doch nicht so! Wozu können wir schließlich fliegen?"

Trix grinst ihre Freundin kopfschüttelnd an. „Jetzt hab ich mir schon gedacht... Schlaumeier, Plan B gefällt mir eindeutig besser!"

„Das rote Licht...", Mina grübelt weiter. „Vielleicht ist damit der riesige

Baum mit den vielen roten Blättern gemeint der im Park steht?"
Trix zuckt mit den Schultern. „Einen Versuch ist es wert. Lasst uns gleich mal hinschauen."
Wenige Minuten später stehen die drei Mädchen unter dem Baum, den Blick in den Himmel gerichtet. Trix runzelt die Stirn. „Schöner Baum, Mina. Die Blätter sind eindeutig rot. Aber rotes Licht sehe ich hier keines."
Mina seufzt. „Mist, dann hilft uns also die Blutbuche nicht weiter!."
Lu runzelt die Stirn. „Moment. Warum kommt mir der Name Blutbuche so bekannt vor?" „Wahrscheinlich verwechselst du das jetzt mit Blutmond." Trix zuckt die Schultern und stapft wieder zurück in Richtung Schulgebäude.
„Ja wahrscheinlich, du Genie." Lu lacht auf.
Trix dreht sich ruckartig um. „Hä?"
„Na der Blutmond ist es! Wir haben doch gerade vor ein paar Tagen gelernt, dass das Licht zur Zeit des Blutmondes rot leuchtet. Mina schau mal schnell nach wann der nächste Blutmond erscheinen wird."
„Schon dabei." Mina scrollt langsam mit ihrem Zeigefinger über das Display ihres Handys. „Wir haben Glück. Bereits in vier Wochen ist es soweit."
Trix lacht. „Glück? Also an Zufall glaube ich schon lange nicht mehr. Na dann haben wir ja noch genug Zeit, um uns für den Zauber bereit zu machen. Wie geht das Rätsel denn nun weiter?"
Mina liest vor:

„spiegelt vom tiefsten Punkt die Kraft sich wieder"

„Das macht doch alles keinen Sinn. Wieso sollen wir mit einem Spiegel durch die Luft fliegen? Ich kapier das nicht.“ Missmutig kickt Trix ein paar Blätter durch die Luft.

„Mein Kopf brummt auch schon. Ich glaub das macht heute keinen Sinn mehr. Wir haben viel geschafft und noch vier Wochen Zeit. Lasst uns morgen weiter machen, ok?“ Lu hakt ihre Freundinnen unter und sie machen sich auf den Weg zum Schloss.

Sieben

Als Mina müde das Licht im Waschraum einschaltet, flackert die Glühbirne leicht und Mina betrachtet sich nachdenklich im Spiegel. Sie fasst auf das Glas und fährt die Umrisse ihres Gesichts nach. „Spieglein, Spieglein an der Wand, wo spiegelt sich die Kraft nur wieder?" Mina murmelt leise vor sich hin, während sie Wasser in das Waschbecken einlaufen lässt.

„Die Kraft, sie spiegelt sich am tiefsten Punkt ... spiegeln ... sich spiegeln."

Plötzlich hält sie inne und dreht den Wasserhahn zu. Ihr Blick fällt auf das Waschbecken voller Wasser und ihr Gesicht, das sie im flackernden Licht der Glühbirne darin erkennt.

„Mein Gesicht! Es spiegelt sich! Es spiegelt sich!" Mina jubelt laut auf und macht auf dem Absatz kehrt. Sie reißt die Zimmertür auf und ruft laut: „Die Spiegelung! Die Spiegelung! Ich hab die Spiegelung gefunden!"

„Gratuliere!", murmelt Trix schlaftrunken und zieht sich die Decke über den Kopf.

„Hast du nicht gehört was ich gerade gesagt habe?" Mina zieht Trix energisch die Decke weg.

Trix protestiert verschlafen. „Was ist eigentlich dein Problem?"

Mina lächelt triumphierend. „Hört ihr mir nun bitte endlich zu? Ich hab das nächste Teil des Rätsels gelöst! Man kann sich auch in Wasser spiegeln!"

Plötzlich sind sowohl Trix als auch Lu hellwach. „Na klar! Der See."

Mina tanzt fröhlich durch den Raum. „Der See, der See, wir spiegeln uns im See!" Sie singt vor sich hin, bis Trix sie unterbricht:

„Ach ja - Leute, ich muss euch da übrigens noch etwas beichten.“ Sie greift unter ihr Kopfkissen und zieht Bofrats Amulett hervor.
Lu atmet hörbar ein. „Trix! Du hast das Amulett immer noch? Ich dachte wir hatten ausgemacht, dass du es auf dem schnellsten Weg zurückbringst?“ Sie greift sich auf den Kopf. „Oh Mann, ich wette er hat bereits entdeckt, dass es fehlt und schon kombiniert, dass es nur eine von uns gewesen sein kann.“
Trix winkt ab. „Hör doch mal auf mit deiner Schwarzmalerei. Ich bring es ja morgen sofort zurück. Zufrieden?“
„Nein.“ Lu schiebt energisch ihre Bettdecke zurück und steht auf. „Du bringst das nicht morgen Früh zurück, sondern sofort. Abmarsch.“

„Du mit deinen oberschlauen Plänen.“
Trix murrt und sucht mit ihrer Taschenlampe den Schulgang ab. „Aua!“, flucht sie.
„Was ist los?“
„Ich hab mir den großen Zeh gestoßen! Warum müssen wir auch mitten in der Nacht im Dunkeln hier herumspazieren?“
„Wir spazieren nicht, wir sind auf direktem Weg in Bofrats Büro. Hättest du das Amulett sofort zurückgebracht, wären wir jetzt nicht hier. Und nun sei ruhig, ich will nichts mehr hören!“ Lu klingt entschlossen.
Trix leuchtet sich selbst von unten aufs Gesicht und schneidet eine Grimasse. Mina kichert, doch als Lu sich mit bösem Blick umdreht, verstummen die beiden sofort.
„Wow! Wartet mal und schaut kurz her. Wie schön das aussieht.“ Mina klingt begeistert.
„Was ist denn jetzt schon wieder?“ Lu bleibt stehen.
„Hier.“ Mina leuchtet mit ihrer Taschenlampe auf das Amulett in Trix´

Hand. „Siehst du nicht dieses schöne Muster wenn ich darauf leuchte?"
Lu schüttelt den Kopf und geht weiter. Doch Trix und Mina beobachten das schimmernde Amulett mit der verschnörkelten Öffnung in seiner Mitte. Durch diese Öffnung fällt das Licht in einem wunderschönen Muster auf den Boden.

Da kommt Trix eine Idee: „Lu, du solltest dir das vielleicht doch kurz ansehen. Ich denke wir wissen nun ´wodurch´ das rote Licht leuchten soll, wie es im Rätsel heißt."

„Du hast Recht!" Lu nickt anerkennend. „Aber Gott sei Dank besitzen wir auch das gleiche Amulett und du kannst Bofrat seines jetzt getrost zurückgeben." Sie leuchtet zufrieden auf die Tür zum Büro des Oberzaubermeisters.

Acht

Die nächsten vier Wochen verbringen unsere Mädchen mit intensiven Vorbereitungen für die Begegnung mit Malum. Das letzte Zusammentreffen liegt noch nicht so lange hinter uns und ist noch immer in ihren Köpfen eingebrannt. Die Mädchen haben große Angst zu Versagen und nicht gut genug zu sein. Zu groß ist der Druck, der auf ihnen liegt. Die Angst, Bofrat und damit ihren Urgroßvater zu enttäuschen oder noch schlimmer, Malum nicht zu erlösen sondern zu vernichten, ist allgegenwärtig.

Schließlich ist es soweit. Der große Tag ist fast gekommen und die Mädchen sind vorbereitet. Bereit auf sie zu treffen.
Malum.
Marie-Luise Müller.
Sie heraufzubeschwören und sie von ihrem Fluch zu erlösen. Die Nerven liegen blank. Sogar Trix kann in der Nacht nicht schlafen. Immer und immer wieder spielt sie das Szenario in ihrem Kopf durch. Der Moment, in dem alle drei Besen in einer Einheit in die Luft steigen und gemeinsam über den See schweben werden, lässt ihr Herz klopfen. Der Plan ist klar. Trix muss alle drei Besen unter Kontrolle behalten, damit sich Lu und Mina auf ihre Aufgaben konzentrieren können. Doch so etwas ist neu für Trix. Sie hat es zwar in den letzten Wochen permanent geübt, doch geklappt hat es nicht immer. Sie ist nervös.

Auch Mina liegt in der letzten Nacht wach in ihrem Bett. Sie zweifelt, ob ihre Idee aufgehen wird. Nach langem hin und her beschloss sie, etwas völlig Neues zu wagen. Sie bastelte Stunden um Stunden herum und schaffte es schließlich, aus einem Zaubertrank ein Pulver herzustellen. In der festen Form vervielfältigt sich die Wirkung um ein hundertfaches und Mina ist unglaublich stolz auf diese Entdeckung. Als sie während der Entwicklung des Zauberpulvers plötzlich nicht mehr weiter wusste, welche Zutaten sie dafür verwenden soll, brachten sie wiederum die Waldelfen auf die zündende Idee. Sie will Malum das Positive, die Freude und das Glück zurückgeben, um das Böse in sich zu verdrängen. Also sammelte Mina die buntesten Kräuter, Blätter und Blüten zusammen, um schließlich ein Pulver zuzubereiten, das in allen Farben des Regenbogens strahlt. Mina drückt das Reagenzglas mit dem Zauberpulver fest an ihr Herz und schickt alle Hoffnungen hinein.

Lu wälzt sich unruhig hin und her. Sie ist die Einzige, die schläft. Doch sie träumt. Sie träumt von einem tiefen Abgrund, von dem sie hinunterfällt. Sie fällt und fällt und schließlich, kurz bevor sie auf dem Boden aufschlägt, wird sie wach.
Lu richtet sich auf und sieht sich verwirrt im Zimmer um. Doch da sind sie. Ihre beiden Freundinnen. Dick in die Bettdecke eingewickelt liegen sie da und warten auf den Morgen. Lu lächelt still und legt ihren Kopf wieder auf das Kissen.
„Alles wird gut!", sagt sie leise zu sich selbst und erinnert sich an den Tag, an dem sie völlig am Boden zerstört in der Bibliothek zusammengebrochen war. Nichts. Absolut Nichts wollte ihr einfallen. Ihr Kopf war doch voll mit unendlich vielen Wörtern und Gedanken. Doch nichts davon schien ihr brauchbar für den einen Zauberspruch. Den perfekten Spruch, mit dem sie Malum bekämpfen können würde.
Doch gerade als sie den Kopf in ihre Hände sinken ließ und bitterlich

zu weinen begann, fassten sie zwei Hände an den Schultern. Lu sah auf und erkannte Mina und Trix an ihrer Seite. Sie bauten sie auf, sprachen ihr Mut zu und verbrachten den ganzen Tag an ihrer Seite in der Bibliothek. Und schließlich geschah etwas Besonderes. Wie von Zauberhand begann Lus Hand plötzlich zu schreiben. Lu hatte das Gefühl ihr Kopf war leer, doch das Blatt füllte sich mit einem Spruch der so außergewöhnlich war, dass Lu selbst staunen musste, als sie ihn aufschrieb. Mit den Armen ihr Buch fest umschlungen, liegt Lu nun da und grübelt immer noch, woher sie die Wörter für diesen Spruch genommen hatte. Sie weiß nur, es hatte etwas mit der Anwesenheit ihrer Freundinnen zu tun. Der Gedanke an Mina und Trix zaubert Lu ein Lächeln auf das Gesicht und sie weiß, dass alles gut werden wird. Sie schließt die Augen und schläft ein.

Zitternd fasst Mina Lu und Trix an der Hand. Schweigend machen sie sich auf den Weg. Der Vollmond erleuchtet ihren Weg und Lu sieht auf die Uhr. „Wir müssen uns beeilen, in wenigen Minuten beginnt die Mondfinsternis. Da sollten wir schon beim See sein!"
Die Mädchen beschleunigen ihre Schritte und kommen schließlich nur wenig später am Ufer des großen, dunklen Sees an. Stumm treffen sie die letzten Vorbereitungen. Sie legen sich die Amulette um den Hals und steigen auf ihre Besen. Erwartungsvoll beobachten sie, wie sich die Erde langsam vor den Mond schiebt und sich verdunkelt. An ihrer Seite haben sich bereits Antena, Hava und Zrak eingefunden. Stumm beobachten auch die drei Tiere das Geschehen am Himmel.
Schließlich ist es soweit. Kurz bevor der Himmel in ein leuchtendes Rot getaucht wird, erheben sich die drei Hexen mit ihren Besen in die Luft. Sie schweben über den tiefsten Punkt des Sees und sehen sich entschlossen an. Nachdem sie gemeinsam mit ihren Tieren einen Kreis gebildet haben, erhebt Trix laut ihre Stimme.
„Ich hasse euch! Mina und Lu, ich hasse euch so abgrundtief, wie ich noch nie jemanden in meinem Leben gehasst habe."
Mina steigt darauf ein.
„Ach und du denkst das interessiert mich? Ich habe bei Gott besseres zu tun, als mich mit dir abzugeben. Du bist so armselig und erbärmlich. Das ist ja schon direkt peinlich!"
„Hört ihr euch überhaupt einmal zu? Immer geht es nur um euch und eure Bedürfnisse. Ihr seid einfach so egoistisch. Denkt eigentlich auch einmal jemand an mich?" Lus Stimme zittert, doch als sie den ermutigenden Blick ihrer Freundinnen sieht wird sie lauter und sicherer.

„Ich brauche euch nicht. Ihr seid die längste Zeit meine Freundinnen gewesen."

In diesem Moment beginnt das Wasser des Sees unter ihnen zu brodeln. Es sieht aus, als würde es zu kochen beginnen. Es zischt und spritzt und plötzlich erhebt sich Malum aus den tiefen Fluten. Sie fährt in die Luft und für einen kurzen Moment sind die Mädchen irritiert von der enormen Macht die von ihr ausgeht. Es scheint, als würde die Magie des Blutmondes auch auf sie übertragen werden. Die Mädchen weichen erschrocken mit ihren Besen zurück, doch sofort sammeln sie sich wieder und beziehen gemeinsam mit den Tieren Position. Sie fliegen im Kreis rund um Malum und fixieren sie mit ihrem Blick. Mit voller Konzentration und aller Kraft übernimmt Trix die Kontrolle über alle drei Besen und scheinbar mühelos fügen sich diese ihrem Willen. Trix spürt ein Kribbeln in den Fingern, als sie fühlt, welche Macht in diesem Moment in sie übergeht.

Mina greift nach ihrem Pulver und schleudert das Glas mit so großer Wucht auf Malum, dass es in tausend Teile zerspringt, als es auf ihren Körper trifft. Das Pulver verteilt sich auf ihrem gesamten Körper und Malum strahlt in den buntesten, schillerndsten Farben. Der Anblick verleiht den Mädchen Gänsehaut.

Da erhebt Lu ihr Wort.

„Durchtrieben von der Dunkelheit,
gefangen in den Schatten der Zeit,
lass Licht dein Seelenbild erhellen,
dein wahres Ich soll aus dir quellen.

Wir sind nun hier, dich zu befreien,
alles Geschehene werden wir verzeihen,
die Macht der Drei wird stärker sein,
denn niemand ist nun mehr allein."

Sie sieht ihre Freundinnen auffordernd an und alle drei beginnen gemeinsam zu sprechen:

„Unheil verschwinde,
spürt unsre Macht,
Licht durchdringe
und entfessle sacht.

Marie-Luise Müller,
erschein in deinem wahren Sein.
Was einst dich hielt gefangen,
ist nun nicht mehr dein."

Ihre Stimmen werden immer lauter und lauter, immer drängender und drängender und plötzlich ertönt ein lauter Knall und es ist vorbei.

Zehn

Erschöpft sinken Lu, Mina und Trix zu Boden. Alles um sie herum ist schwarz. Sie können nichts erkennen.

Das leichte Stupsen eines Schnabels bringt Lu dazu, die Augen wieder zu öffnen. Hava sitzt neben ihr und blickt sie nachdenklich an.

„Das hast du gut gemacht, Lu!", sagt die Eule, breitet ihre Flügel aus und fliegt davon. Lu sieht sich um. Neben ihr liegen Mina und Trix am Boden. Der Mond hat bereits wieder seine komplette Fülle angenommen und erleuchtet das Gebiet rund um sie. Der See glitzert in seinem Schein und wirkt so ruhig, als wäre nie etwas geschehen.

Aber ist überhaupt etwas geschehen? Wo ist Malum? Lu rutscht langsam zu Mina und rüttelt sanft an ihrer Schulter. „Wach auf Mina, wach auf!"

„Was ist passiert?" Mina reibt sich die Augen. „Wo ist Trix?"

„Dort drüben!" Lu deutet ein kleines Stückchen weiter. Sie steht mühevoll auf und schwankt zu ihrer anderen Freundin. „Trix, geht es dir gut?"

Sie bückt sich und berührt das Mädchen an der Schulter. Sofort schießt Trix in die Höhe.

„Klar, alles bestens." Doch sie greift sich sofort an den Kopf. Was auch immer passiert ist, es ist auch an der sonst so tapferen Trix nicht spurlos vorübergegangen.

„Wo ist Malum? Und wo sind die Tiere?" Trix sieht sich suchend um.

„Hava war gerade noch neben mir, ist dann aber weggeflogen. Ich vermute Antena und Zrak ebenfalls. Aber wo Malum ist ... Keine Ahnung." Lu zuckt mit den Schultern.

„Haben ... haben wir es geschafft?" Minas Stimme ist leise und unsicher.

Doch es kommt erst keine Antwort.

„Ich weiß es nicht." Lu sieht Mina ratlos an.

Trix steht währenddessen auf und geht ein Stück weiter in Richtung See. Plötzlich stößt sie einen kurzen Schrei aus. Erschrocken laufen die beiden Mädchen an ihre Seite und entdecken den Grund:

Am Boden liegt ein Knäuel aus Kleidungsstücken.

Malums Kleidungsstücken.

„Oh nein. Nein - bitte nicht!!" Lu hält sich erschrocken die Hand vor den Mund. Minas Knie sacken zusammen und gerade bevor sie auf dem Boden aufschlägt kann Trix ihre Freundin noch auffangen. Mina bricht in bitterliche Tränen aus. „Wir haben sie getötet. Wir haben sie einfach getötet!"

Langsam lassen Trix, Lu und Mina sich auf den Boden sinken. Eng umschlungen können nun auch Lu und Trix ihre Tränen nicht mehr zurückhalten.

Elf

Stumm schreiten die Mädchen Hand in Hand zurück zum Schloss. Der Morgen graut bereits. Mehrere Stunden saßen sie am See und versuchten das Geschehene zu begreifen. Sie hatten versagt.
Je näher sie der Schule kommen, desto langsamer und zögerlicher werden ihre Schritte.
Lu kennt die Gedanken ihrer Freundinnen in und auswendig.
„Wir müssen es ihm sagen. Es geht nicht anders."
Doch dieses Mal nickt Trix sofort zustimmend: „Wir müssen es ihm sofort sagen. Kommt, lasst uns sofort zu Bofrat gehen!"

Zögerlich hebt Mina ihre Hand und hält einen Moment inne, bevor sie drei Mal vorsichtig an die schwere Holztür klopft.
„Herein!", ertönt es fröhlich von drinnen.
Die Mädchen sehen sich an, atmen tief durch und Mina öffnet die Tür.
Langsam betreten sie den Raum. Bofrat steht am Fenster als sie hereinkommen. Er wendet sich zu ihnen und lächelt: „Meine Mädchen, was gibt es denn?"
Lu sieht Mina und Trix lange an. Normalerweise ist Trix diejenige, die das Wort als Erste ergreift. Doch Lu weiß, dass es dieses Mal an ihr ist, Bofrat alles zu erzählen. Sie holt tief Luft.
„Oberzaubermeister, wir ..."
Bevor sie weitersprechen kann wedelt Bofrat mit beiden Händen in der Luft: „Ach was bin ich nur für ein Schussel, einen Moment - ich bin sofort für euch da." Er verschwindet aus dem Zimmer.
„Ich kann das nicht, ich kann das wirklich nicht." Lu schüttelt panisch

den Kopf und fährt sich mit den Handflächen über das Gesicht.

„Wir schaffen das.“ Mina fasst nach den Händen ihrer Freundinnen und drückt sie fest. In dem Moment betritt Bofrat erneut das Zimmer.

„Mädchen, ihr könnt mir sofort erzählen was euch auf dem Herzen liegt. Ich möchte euch nur vorher etwas sagen.“ Die drei sehen sich nervös an. Je länger sie hier stehen, desto schlimmer wird die Situation. Lu versucht noch einmal einen zaghaften Vorstoß.

„Oberzaubermeister, es ist wirklich wichtig.“ Doch wieder unterbricht sie der Schulleiter.

„Ja natürlich, das glaube ich dir, Ludmilla. Du bekommst auch sofort die Gelegenheit mir zu erzählen, was passiert ist. Aber vorher möchte ich euch jemanden vorstellen!“

Da erst bemerken die drei Mädchen, dass Bofrat nicht alleine zurück ins Zimmer gekommen war. In seinem Schatten steht ein dünnes, blondes Mädchen. Als Bofrat sich zu ihr umdreht, macht sie einen Schritt ins Licht und die Mädchen erkennen blonde Locken, wunderschöne, eisblaue Augen und vor allem Eines: ein strahlendes, freundliches Lächeln.

In diesem Moment setzt bei Lu, Mina und Trix gleichzeitig ihr Herz kurz aus, als sie erkennen, wer ihnen da gerade vorgestellt wird:

„Das, meine lieben Mädchen, das ist Marie-Luise Müller. Danke.“

Ende

Epilog

Magie ist wundervoll.
Sie öffnet einem Türen in eine Welt, die man sich kaum vorstellen kann, wenn man noch nie mit Zauberei in Berührung gekommen ist. Alles scheint auf einmal möglich zu sein. Dinge, die man in seinen kühnsten Träumen nicht erahnen konnte, passieren plötzlich tagtäglich und man entdeckt bisher verborgene Seiten an sich selbst.
Doch Magie kann auch teuflisch sein.
Sie kann einen verändern. Manche Seiten haben vielleicht auch einen Grund warum sie besser unentdeckt bleiben sollten.
Nur die besten Magier lernen sowohl mit ihren positiven als auch ihren negativen Eigenschaften weise umzugehen und ihre Kräfte zu nutzen, um das Beste aus sich selbst hervorzuzaubern.

Das war also meine Geschichte.
Eine Geschichte von drei Mädchen, die einen langen Weg gehen mussten, bis sie sich, wirklich und wahrhaftig, mit all den Ecken und Nischen ihrer Persönlichkeit so lieben lernten, wie manche von uns es schon von Anfang an taten.
An ihrer Seite haben sie die Magie.

Es war die Geschichte von meinen Mädchen.
Die Geschichte von LUMINATRIX.

Und es war die Geschichte von mir.
M.

Danke

Ich bedanke mich von ganzem Herzen bei meiner guten Freundin und Kollegin Johanna Mühringer, ohne deren Anstoß dieses Buch wahrscheinlich nie zustande gekommen wäre. Danke für deine Begeisterung, Unterstützung und dein Feedback. Danke vor allem aber für deine magische Ader, dein Wissen und deine Begabungen in Sachen Zauberei und Elementekunde. Du bist ein großer Teil von Luminatrix.

Danke an die Agentur Bravo.Ink und den Herz Stern Verlag. Ihr gebt Menschen tolle Möglichkeiten um ihre Träume zu verwirklichen. Vielen Dank für die super Zusammenarbeit.

Ebenfalls ein riesengroßer Dank geht an meine Schülerin Dilek Gülce, die mit ihren wundervollen Illustrationen Leben in mein Buch gebracht hat. Dank dir, Bessi, haben meine Figuren ein Gesicht bekommen. Dein Talent ist unfassbar und ich wünsche dir alles, alles Gute für deine Zukunft. Du wirst es noch weit bringen!

Danke an dich, liebe Barbara Hütter, zum einen für deine großartige Arbeit als Layouterin, aber natürlich auch für die vielen privaten Gespräche. In beiden Bereichen ist deine Arbeit unbezahlbar. ;)

Ohne meine Erstleserinnen Bettina Hüttner, Johanna Mühringer und natürlich meine liebe Kollegin Elisabeth Geyer wäre mein Buch nicht das, was es nun ist. Vielen, vielen Dank für die Zeit und Mühe die ihr in die Korrektur meines Romans gesteckt habt und vor allem auch für das liebevolle Feedback. Ihr habt mit der Geschichte gefühlt als wäre sie eure eigene. Dafür danke ich euch von ganzem Herzen.

Ein weiterer Dank geht an meinen Deutschlehrer im Kolleg für Sozialpädagogik. Während meiner Ausbildung durfte ich durch die Stunden mit Herrn Helmut Hammerschmied die Liebe zur Kinder- und Jugendliteratur noch weiter vertiefen und auch mein Diplom in dem Fach ablegen. Lehrer wie er sorgen dafür, dass Kinder und Jugendliche etwas aus ihrem Leben machen. Vielen herzlichen Dank!

Ein ganz besonderer Dank geht natürlich auch an meine Eltern, meine Schwester Betti und meine Herzensschwester Dani, die mich bei meinen Plänen und der Umsetzung dieses Buches zu jeder Zeit vollends unterstützt haben und ohne deren Rückhalt mein manchmal etwas zu stressbehaftetes Leben schwerer zu meistern wäre. Ich hab euch sehr lieb. Danke.

Last but not least möchte ich mich bei meinen Herzensmenschen bedanken: meinem Tanzforum- Team und meinen vielen Schülerinnen und Schülern.
Ihr seid der Grund warum dieses Buch existiert, warum immer wieder neue Ideen aus meinem Kopf sprudeln und in die Tat umgesetzt werden. Ohne eure Begeisterung, euer Herz und eure Leidenschaft wären meine Ideen nichts wert.
Ohne eure Unterstützung, Inspiration und Freude könnte ich vieles nicht so umsetzen wie es mir Gott sei Dank möglich ist. Ich liebe meine Arbeit unendlich und ihr seid einer der Hauptgründe dafür.

Danke an Heike Sturzlbaum und Konstantin Seebacher, die mit ihrer unbändigen Kreativität meine Ideen immer mit Feuereifer begleiten und an der Umsetzung maßgeblich beteiligt sind.

Danke an meine LUMINATRIX-Mädels: Johanna Gebetsroithner, Anna Rastinger und Lena Eder (Und schon wieder in der richtigen Reihenfolge ;)) Ihr seid drei außergewöhnliche, junge Menschen! Tänzerisch, schauspielerisch und vor allem menschlich unglaublich. Danke für euer grenzenloses Engagement, eure Begeisterung und vor allem euer Herz, das ihr so vollends in meine Figuren steckt. Durch euch ist Leben in LUMINATRIX gekommen, ich könnte mir keine bessere Besetzung vorstellen. Bleibt so wie ihr seid, so seid ihr perfekt!

Und zum Schluss danke ich allen die meine Ideen und Pläne, auch wenn sie noch so verrückt scheinen, ernst nehmen und alles geben um sie gemeinsam mit mir umzusetzen. Ich danke euch dafür von ganzem Herzen.

Daniela Hüttner, geboren 1989, hat Sozialpädagogik studiert und arbeitet als Erzieherin in einem Internat. Außerdem leitet sie ein Tanzzentrum in Pinsdorf (Oberösterreich). Das Tanzforum bietet seit 2011 sehr erfolgreich ein umfangreiches Tanzprogramm für Kinder, Jugendliche und Erwachsene an.

Nebenbei arbeitet Daniela immer wieder als Tanztrainerin, Tänzerin und Choreographin für verschiedenste Veranstaltungen.

´Luminatrix – die drei magischen Lichter´ ist ihr erster Roman.

www.dastanzforum.at